SECHZIG AUTOREN

Vergessene Flügel

Bibliografische Information der Nationalbibliotheken:
Die Deutsche Nationalbibliothek verzeichnet diese Publikation in der Deutschen Nationalbibliografie; detaillierte bibliografische Daten sind im Internet über http://dnb.dnb.de abrufbar.
Die Österreichische Nationalbibliothek verzeichnet diese Publikation in der Österreichischen Nationalbibliothek.

Dieses Buch unterstützt Gewaltopfer, die Autorin ist Mitglied im Verein „Respekt für Dich – AutorInnen gegen Gewalt"

Die Personen und Handlungen in dieser Geschichte sind frei erfunden. Ähnlichkeiten mit lebenden oder verstorbenen Personen wären rein zufällig und nicht beabsichtigt.

9 783903 056404

Impressum:
1. Auflage

www.karinaverlag.at
Text © autorengruppe sechzig Autoren
Lektorat: Renate Zawrel, Bettina Böhm
Layout, Überarbeitung © Karin Pfolz
Covergestaltung © Karin Pfolz
Coverfoto: © Nicole Bleck
Autorenfoto: © März 2015, Karina Verlag, Vienna, Austria,

Print: ISBN: 978-3-903056-40-4
E-Book: 978-3-903056-41-1

Vergessene Flügel

INHALT

Rudi Treiber	Vorwort	7
Verena Grüneweg	1. Kapitel	9
Karin Pfolz	2. Kapitel	18
Christine Erdic	3. Kapitel	23
Frank Huhnhäuser	4. Kapitel	28
Markus Kohler	5. Kapitel	33
Alexa Innocenti	6. Kapitel	39
Kishara Haberecht	7. Kapitel	46
Sally Bertram	8. Kapitel	50
Elfride Stehle	9. Kapitel	54
Nicol Lang	10. Kapitel	62
Ellen Rot	11. Kapitel	70
Katharina Kraemer	12. Kapitel	75
Dirk Harms	13. Kapitel	81
Sebastian Görlitzer	14. Kapitel	86
Elke Steffen	15. Kapitel	91
Sara Puland	16. Kapitel	97
Renate Zawrel	17. Kapitel	102
Medusa Mabuse	18. Kapitel	109
Andrea Schneider	19. Kapitel	115
Marie Stutzki	20. Kapitel	120
Marlies Berghold	21. Kapitel	125
Magdalena Almado	22. Kapitel	132
Sascha Schröder	23. Kapitel	139
Claudia Göpel	24. Kapitel	144
Nachwort		149
Autorenprofile		151
Mein Dank		167

Wir leben in einer Gesellschaft der Schnorrer und Benützer. Songs, Bilder, Software und Videos stiehlt man vom Internet, Musiker spielen für den Hut, Schriftsteller lesen für Applaus und Maler pinseln für die Dekoration des Schlafzimmers.

Wer sich diesem Diktat unterwirft, ist selber schuld.

Kunst soll nix kosten, doch fette Würstel mit Chemiesenf oder künstlich aromatisierte Potatoechips gibt's nirgends gratis ... ohne uns!

1

Zitternd lehne ich mich zurück. Eiskalt der Morgen, die Sonne kommt überhaupt nicht durch. Nebelschwaden tauchen die Welt um mich herum in unrealistische Bilder. Es erinnert mich an Szenen aus einem Horrorfilm. Der Moment, wenn du denkst, alles ist gut, das flüchtende Mädchen schafft es. Aber dann springt das Monster aus dem Nichts und greift sich das Opfer.

Ich spüre die Mauer des Gebäudes an meinem Rücken. Jeden einzelnen Stein, wie er sich in mein Fleisch drückt. Hart und unbequem fühlt es sich an und noch mehr Kälte breitet sich in meinem Körper aus. Auch der Steinboden, auf dem ich sitze, trägt nicht gerade für mein Wohlbefinden bei. Besser wäre es aufzustehen, mich zu bewegen. Vielleicht einen anderen Ort zu suchen, einen Imbiss, Dönerladen, eine Tankstelle ... was auch immer, irgendwo wo ich mich aufwärmen könnte.

Doch meine Beine sind taub, sie gehorchen mir nicht. Sowie mein restlicher Körper.

Es liegt nicht an der Kälte, nicht an diesem Platz. Für mich ist das etwas, das ich zu gut kenne, nichts Ungewöhnliches, es ist ein Teil von mir.

Meine Welt ist diese Stadt. Sie ist mein Zuhause, mein Freund und mein Feind. Hier in Berlin ticken die Uhren anders. Freud und Leid reichen sich die Hand. Wenn ich das Leben in dieser Stadt beschreiben müsste, würde ich sagen, es ist wie ein Kuchen. So einer mit dieser süßen Puddingfüllung.

Für die Reichen, Bessergestellten, gibt es tagtäglich den Leckerbissen, eben die Creme. Für uns Außenseiter, Verlierer nur die Kruste. Trocken und hart, kaum zu schlucken. Wir ersticken fast an den Krümeln und versuchen doch immer wieder einen kleinen Happs vom Pudding zu bekommen.

Tiefer kuschle ich mich in meinen schwarzen Ledermantel, umhülle mit ihm meinen Körper so gut es geht. Mein einziger Besitz ist dieser Mantel und das kleine zerknitterte Heft, mein Tagebuch, in seiner Innentasche. Ein Schutz, ich trage ihn wie eine zweite Haut. Aber jetzt wärmt er mich kein Stück. Es ist, als ob mir nie wieder warm wird. Den Kopf gesenkt, starre ich auf den Boden vor mir. Vereinzelte Zigarettenkippen liegen auf dem Pflaster verstreut. Daneben leere Bierdosen und jede Menge anderer Dreck. Auch ein bekannter Anblick für mich.

Ohne darüber nachzudenken, hebe ich eine der Dosen auf, werfe sie weit weg von mir. Das scheppernde Geräusch klingt unangenehm laut, hallt in meinen Ohren nach. Aber zumindest unterbricht es diese laute Stille um mich herum. Die Stadt schläft noch und ihr Schweigen zwingt mich dazu, weiter nachzudenken. Es ist niemand da, der mit mir redet, dem ich alles erzählen kann. Mir Antworten gibt – hilft, alles zu begreifen.

Verzweifelt schüttle ich den Kopf, unfähig zu glauben,

dass das, was ich vor einigen Stunden erlebt habe, real ist. Die nassen Haare fliegen mir ins Gesicht und ich beginne, hemmungslos zu weinen.

Ich, Samantha, Sami oder auch Chilly genannt, wünsche mir zum ersten Mal nach langer Zeit wieder ein ganz normales Leben. Eines, in dem du morgens zur Schule gehst, deine Mutter mittags mit dem Essen auf dich wartet und dein größtes Problem der gestörte Empfang des Internets ist. So wie die meisten in meinem Alter zu sein. Nicht in dieser Stadt zu verharren, in der ich ein Straßenkind von vielen bin. Eine Stadt, die mich verschlang, als ich aus dem Zug stieg und meinen Fuß auf ihren Boden setzte.

Lange ist das her. Damals mit vierzehn ließ ich mich gerne auf sie ein. Zu bedrückend; zu einengend war das Leben bei meiner Tante – eines Tages packte ich meine Sachen und lief fort.

Im Kopf Abenteuer, Freiheit, jede Menge Illusionen, so stürzte ich mich in das vermeintliche Abenteuer Berlin. Sehr schnell allerdings erlag ich der grausamen Realität des Lebens einer Ausgestoßenen.

Ich reibe meine, in zerfetzten Handschuhen eingepackten Hände, aneinander. Ein kläglicher Versuch sie zu wärmen. Vielleicht auch eine Zwangsbewegung, verursacht durch mein Gehirn, um von den Bildern in meinem Kopf abzulenken.

Hoffnungslos; sie lassen sich nicht verdrängen. Sie zeigen deutlich, dass meine Situation, verworren sowieso, sich jetzt als blankes Chaos präsentiert.

Doch wie konnte es dazu kommen? Was geschah in der Zeit zwischen gestern Abend und heute Morgen?

Es hilft mir nichts, mich dagegen zu wehren, ich muss die Bilder in meinem Kopf zulassen.

Zurück auf Anfang gehen – befehle ich meinem Verstand. Murmle die Worte leise vor mich hin: „Mist, welcher Scheiß ist da bloß abgelaufen. Denk nach, Sami, denk verdammt noch mal nach. Irgendeinen Hinweis muss es geben!"

Ich greife eine meiner Haarsträhnen und schiebe sie mir in den Mund, nuckle auf ihr herum. Das tue ich immer, wenn ich mich selber beruhigen will. Und ruhig zu bleiben, habe ich jetzt bitter nötig, während ich versuche, mich zu erinnern.

Wir hingen am Tiergarten ab, tranken Bier, wie jeden anderen Abend auch. Einer von uns sorgte stets aufs Neue für Nachschub. Geld dafür stellte kein Thema dar. Das Anschnorren von Passanten hatte sich gelohnt und die Stimmung war dementsprechend wirklich gut. Samuel und ich – von Freunden >die Sams< genannt – hingen uns in den Armen, lachten, feierten ausgelassen. Kuckuck, Max, Gun, Zero, Quenni sowie all die anderen Kumpels saßen, lagen oder tobten wie kleine Kinder über den Rasen. Selbst unsere Hunde genossen das Leben in allen Zügen.

Plötzlich begann es zu regnen. Richtige Wolkenbrüche

kamen vom Himmel, in Nullkommanichts waren alle völlig durchnässt. Zeit, sich einen neuen Ort zu suchen, trocken und angenehm.

Wir machten das nicht zum ersten Mal – das Einbrechen in Häuser. Nee, wir wussten, wie es ablaufen musste. Wir kannten jedes Anzeichen dafür, wenn der Besitzer nicht anwesend war. Im Urlaub mit seiner heilen, tollen Familie. Quenni hatte seit einigen Tagen ein kleines Einfamilienhaus außerhalb der Stadt ausgekundschaftet. Die Bahn brachte uns schnell dorthin. Es war so einfach. Nicht mal nach Fahrscheinen fragte man uns. Als wir ausstiegen, uns umschauten, überkam mich das Gefühl, in einer anderen Welt zu sein. Keine dreckigen Straßen, in denen sich Menschen wie Ameisen bewegten. Hier gab es noch Natur. Blumen, Bäume und Wiesen. Die Luft schmeckte gut und es roch nach frischer nasser Erde. Ausgelassen zogen wir Richtung Haus los. Man sollte meinen, es würde auffallen, eine Meute von Straßenkids, die durch eine saubere Einfamiliensiedlung zogen. Aber hallo, Leute, dies ist Berlin, nicht irgendein Kuhdorf, und so beachtete uns niemand.

Natürlich grölten wir nicht herum und die Dunkelheit war Teil unserer Tarnung. Während in der Stadt noch das Leben tobte, schlief hier draußen bereits jeder.

Quenni hatte ihre Sache gut gemacht. Das Haus lag abseits von den anderen. Die Menschen, die darin lebten, hatten Geld, nicht zu viel und nicht zu wenig. Woran wir das erkannten? Nicht zu viel – sie hatten keine

Alarmanlage und das Haus war nicht übermäßig gesichert. Nicht zu wenig? Wisst ihr, was ein Haus mit Garten, weit entfernt von den anderen Häusern, in Berlin kostet? Nein? Ich glaube, einige von euch verdienen so viel noch nicht einmal in ihrem gesamten Leben.

Wie gesagt, alles schien perfekt zu laufen.

Durch das Kellerfenster kamen wir in das Haus. Es war nicht verschlossen – ein leichtes Unterfangen, es aufzuhebeln. Der Blick in die Zimmer bestätigte, dass dieses Haus eine super Wahl gewesen war. Hi-Fi-Anlage, Alkohol, gutes Essen im Kühlschrank – die beste Voraussetzung für eine gute Party. Wir ließen uns nicht zweimal bitten und zögerten nicht lange, uns zu bedienen.

Das Haus bebte und ich feierte ausgelassen mit den anderen. Ich trank Unmengen, nahm irgendwelche Drogen, hatte Sex, daran erinnere ich mich. Zuviel von allem. Irgendwann gab es einen Streit zwischen mir und Samuel. Ich hatte ihn erwischt, wie er mit Gun herumknutschte. Nur noch schemenhaft ist diese Erinnerung. Danach nichts mehr – nichts Neues für mich. Filmrisse gehören zu meinem Alltag. Ich nehme immer zu viel von allem, was mir angeboten wird.

Doch woran ich mich sehr gut erinnere, ist das Aufwachen in dem fremden Bett.

Mir wird hundeübel. Ich muss kotzen, während die Bilder ohne Gnade wie Pfeile in mein Gehirn schießen. Ein Geräusch kommt aus der hinteren Ecke in der Gasse.

Irgendein Penner krabbelt unter Unmengen von Pappe hervor und wankt auf mich zu. Mich an den Schultern anfassend und irgendetwas Unverständliches lallend, pustet er mir seinen ekligen Atem ins Gesicht. Hektisch wische ich mir den Mund mit der Hand ab, stoße ihn schreiend weg. Er soll mich in Ruhe lassen, denn während all das passiert, läuft der Film in meinem Kopf immer weiter. Alles sehe ich klar und deutlich vor mir.

Das Bett, den Raum — ein Kinderzimmer, ich, die nackt zwischen den Laken liegt, sich umschaut und langsam aufsteht. Wie ich meine Kleidung zusammen-suche, die um das Bett herum verstreut liegt, aufhebe und mechanisch anziehe. Mein Entsetzen beim Anblick des getrockneten Blutes auf meinen Händen. Ungläubig starre ich auf sie. Der Blick in den Spiegel, der gegen-über von dem Bett hängt und mir lange tiefe Kratzspu-ren in meinem Gesicht zeigt.

Dann, wie ich das Zimmer verlasse, staksig, einer Marionette ähnlich, zwischen den Scherben, die den Teppich bedecken, vorsichtig herumlaufe.

Blutige Handabdrücke auf der Tapete im Flur — fort-laufend, bis zum Ende der Treppe, die ich Stufe für Stufe runtergehe. Auch dort unten im Wohnzimmer herrscht Chaos. Zerbrochenes Glas überall, umgestoßene Möbel und niemand, der außer mir noch dort ist. Vollkommen verwirrt stehe ich zwischen allem, regungslos. Schaue um mich in der Hoffnung, wenigstens einen von meinen

Freuden zu entdecken. Nichts und niemand, der mir erklären könnte, was hier los ist.

Auf Zehenspitzen durchquere ich den Raum und finde endlich Menschen.

Doch die drei Personen, die ich sehe, kenne ich nicht. Sie liegen mitten im Raum auf dem Laminatboden. Wirken, als ob sie schlafen. Zwei Erwachsene, ich glaube Frau und Mann mit einem Kind, das einen Teddy im Arm hält. Die Hände gefaltet, brennende Kerzen spenden sanften Lichtschein. Mit Kreide hat jemand Engelsflügel auf den Boden um sie herum gemalt.

Ein Bild – so friedlich. Meine Augen bleiben an ihren Gesichtern hängen. Ich hoffe, sie wachen nicht auf, entdecken mich nicht. Doch dann realisiere ich, sie werden niemals wieder aufwachen. Die Blutlache, die starren, weit aufgerissenen Augen erzählen mir die wahre Geschichte. Sie sind tot und bei Gott, bestimmt sind sie nicht einfach so eingeschlafen.

Ermordet, ich sehe dort Leichen vor mir.

Nur eine Sekunde länger verharre ich, dann löst sich ein Schrei aus meiner Kehle.

Es ist nicht zum ersten Mal, dass ich das erlebe.

Damals mit acht Jahren ... meine Eltern – genauso hatte ich sie gefunden.

Ich will nur weg hier, raus. Ohne nachzudenken, ob mich einer sieht oder hört, reiße ich die Tür auf und stürze aus dem Haus. Renne immer weiter und weiter bis zu diesem Platz, an dem ich jetzt sitze ... und hoffe, dass einer meiner Freunde kommt. Mir hilft, das alles zu verstehen.

Mein Name ist Samantha, auch Sami oder Chilly genannt. Ich bin siebzehn Jahre alt, ein Straßenkind mitten in Berlin.

Ich verstehe nicht, was passiert ist, habe keine Ahnung, wie es weitergehen soll.

Nur, dass ich verdammte Angst habe, das weiß ich mit Sicherheit.

2

Die Angst und die Einsamkeit, die Hoffnungslosigkeit des Augenblicks, lassen mich weiter in meiner erstarrten Haltung verweilen. Noch immer bin ich nicht fähig, von hier wegzugehen. Immer weiter kriecht die Kälte des Steines in meinen Körper, immer härter erscheint mir die Mauer, an der ich lehne. Die Zeit bewegt sich nicht weiter. Die Sonne des Morgens bleibt still verharrend am selben Platz, nur schemenhaft zu erkennen. Der Nebel wird dichter, greift in schattenhaften, bedrohenden Fetzen nach mir.

Warum kommt keiner? Wo sind all meine Freunde, sie sind doch mit mir dort gewesen, in diesem Haus! Ich versteh das alles nicht.

Mein Blick wendet sich langsam meinen Händen zu. Voll von getrocknetem Blut sind sie, genauso wie damals ...

Es sind ernüchternde Gedanken, die da durch meinen Kopf schwirren. Denn eines wird mir klar. Es gibt nur wenige Möglichkeiten, warum alle anderen verschwunden sind. Und alle sind schlecht. Zum einen könnten meine Freunde ebenfalls tot sein, so wie die Familie in diesem Haus. Das wäre eine Erklärung dafür, dass ich keinen Laut mehr von ihnen gehört habe. Allerdings ist dies auch etwas unwahrscheinlich, denn wo wären die Leichen? Ein Mörder präsentiert nicht einen Teil seiner

Opfer so kunstvoll auf den Boden, verziert den Ort seiner Tat und legt die anderen Leichen achtlos irgendwo anders ab. Das passt einfach nicht zusammen. Selbst ein noch so kranker Geist würde nicht so handeln.

Oder meine Freunde sind die Mörder und haben den Jahre zurückliegenden Mord an meinen Eltern nachgespielt. Es wurde ja damals ausführlich in den Medien berichtet und erst vor wenigen Tagen habe ich an einem Zeitungskiosk einen Artikel entdeckt, in dem das Verbrechen an meiner Familie mit einem Fall in Österreich verglichen wurde. Ich habe das vollkommen verdrängt, weil es bei mir sofort ein Flashback verursachte · das Bild meiner toten Eltern, die ich zuerst für schlafend hielt. Die Angst, die darauf folgte. Ich hörte wieder meine Schreie von damals, als ich meine Mutter umarmen und wecken wollte. Dann, als ich meine kleinen Arme um ihren Körper schlang und in ihr Blut griff. Es war noch warm, hatte die Wärme ihres Körpers noch gespeichert und gewartet, auf mich, dass ich sie noch einmal – ein letztes Mal – in meinem Leben fühlen durfte. Damals, da schrie ich so lange, bis endlich jemand kam. Für mich schien das wie eine Ewigkeit. Ich hielt meine Mutter, schrie, und versuchte die Wärme zu halten, wollte, dass sie die Augen öffnete und atmete. Dieses Bild wollte ich nicht mehr sehen, nie wieder. Also ersäufte ich die Erinnerung daran in einer unglaublichen Menge Alkohol. So viel, dass ich mich nicht mehr an den Zeitungsartikel erinnern konnte. Bis heute.

Was weiß ich, was in so benebelten Gehirnen vor sich geht. Immerhin sind so ziemlich alle seit Jahren auf irgendwelchen Drogen.

Aber all das erklärt nicht das Blut an meinen Händen, die Spuren an den Wänden. Es erklärt nicht meinen Zustand beim Erwachen. Warum habe ich nichts gehört? Wie war das möglich, dass eine ganze Familie umgebracht wird und ich im selben Haus nichts davon bemerke? Und wo kamen die Leute her? Das Haus war leer, als wir einstiegen. Es war keine Menschenseele da! Ich bin sicher, dass das so war, denn Quenni und Samuel haben doch in allen Räumen nachgesehen. Wir anderen warteten, bis das Okay von ihnen kam, dass die Luft rein sei.

Gut, wir hatten viel getrunken, waren überdreht und aufgeputscht. Irgendeiner hat mir Tabletten gegeben, die angeblich wach hielten. Ich wollte nicht müde werden und schluckte das Zeug einfach runter. Es war mir vollkommen egal, welche Auswirkungen das bei mir haben würde. Kurz darauf setzte ein Schwindelgefühl bei mir ein, nicht so ein unangenehmes, eher so, als würde ich leicht schweben, schwerelos sein. Ein unglaublicher Drang nach Sex überkam mich und zwei der Burschen hakten sich links und rechts bei mir ein und führten mich in eines der Schlafzimmer.

Ab hier weisen meine Erinnerungen Lücken auf. Nur kleine Stücke des Geschehens erscheinen, so sehr ich mich auch anstrenge. Kurze Flashs, einmal Hände auf

meinem nackten Körper, dann jemand, der mich auf-
stellt und an die Wand lehnt. Ich sacke wieder zusammen und werde wieder aufgestellt, mit Handschellen an
einem Rohr befestigt, damit ich stehen bleibe. Ich habe
keine Lust mehr, kann nichts mehr fühlen. Will, dass sie
mich in Ruhe lassen. Aber sie hören mich nicht. Machen
weiter. Ich, ein willenloses Stück Fleisch, das angebunden an der Wand hängt. Dann wieder eine Lücke. Zu-
sammengekauert liege ich am Boden, es ist ein anderer
Raum. Ein Teppich. Weich, zart die Faser. Seide. Eine
rote Flüssigkeit. Eine warme, rote Flüssigkeit rinnt über
meine Hände. Das Lachen vieler Stimmen dringt zu mir
durch, aber ich erkenne keine Gesichter. Wieder eine
Lücke in der Erinnerung ...

Der Boden, auf dem ich sitze ist so kalt, meine Knochen fühlen sich an, als ob sie einfrieren. Die Wand
drückt hart in meinen Rücken. Der Nebel greift nach
mir, immer mehr hüllt er mich ein. Saugt mir die letzte
Kraft aus dem Körper und nimmt mir die letzten Teile
meiner Erinnerungen. Nur noch das Zimmer, in dem ich
erwachte, taucht auf. Wie eine Wolke schwebt das Bild
über mir. Meinen Körper kann ich nicht mehr beherrschen. Ich kippe zur Seite. Liege nun hier, eingekrümmt,
kalt, zitternd. Die Sonne versucht den Nebel zu durchdringen, bewegt sich nicht, steht noch immer auf glei-
cher Höhe. Zugedeckt mit Finsternis. Stillstand der Zeit.

Schritte, ich spüre die Vibration des Bodens, die sie aus-lösen, aber ich höre sie nicht. Ein schwarzer Schatten bewegt sich auf mich zu. Alles verschwimmt zu einer einzigen dunkelgrauen Wand. Und dann spüre ich, wie ich hochgehoben werde, meine Arme und Beine baumeln hin und her, mein Kopf hängt nach unten. Meine Mus-keln reagieren nicht mehr. Ich verliere das Bewusstsein.

3

Wo bin ich und wie bin ich hierhergekommen? Benommen schaue ich mich um. Die kahlen Wände starren mich trostlos an und von der Decke baumelt eine Elektrobirne. Ich muss mich abwenden, viel zu grell ist ihr Licht. Mein Kopf tut so weh und noch immer klebt das Blut an meinen Händen. Fröstelnd ziehe ich die Schultern hoch, es ist so kalt. Ich liege auf einer alten, fleckigen Matratze und nur mein Mantel deckt mich dürftig zu.

Plötzlich kehrt die Erinnerung mit ganzer Wucht zurück. Erbarmungslos sehe ich wieder die Bilder der toten Familie vor mir. Nein, bitte, jetzt nicht! Ich muss doch hier weg! Wer hat mich hier eingesperrt? Bin ich überhaupt eingesperrt? Meine Hände sind nicht gefesselt. Ich strecke vorsichtig ein Bein aus. Ja, ich kann mich bewegen. Das Aufstehen fällt mir schwer. Mein ohnehin schmerzender Schädel dankt mir die abrupte Bewegung nicht. Mir wird schwindelig und da drängt in mir etwas hoch. Ich kann es nicht stoppen. Mein Magen rebelliert und ich übergebe mich in einem Schwall auf den Steinfußboden direkt neben der Matratze.

Mit angezogenen Beinen sitze ich wieder auf der Matratze und versuche, einen klaren Kopf zu bekommen. Irgendjemand muss mich hier hergebracht und abgelegt haben. Wo ist der jetzt? Was will der von mir? Vorsichtig, wie in Zeitlupe, stehe ich auf und bewege mich schwankend Richtung Wand. Dabei sehe ich mich lauernd um. Womit hat man mich abgefüllt? Alkohol? Drogen? Mein Magen krampft sich protestierend zusammen. An der Wand angekommen, kann ich mich endlich abstützen. So ist es leichter. Irgendwo muss doch ein Ausgang sein! Ich habe inzwischen registriert, dass ich mich in einem Kellergewölbe oder etwas Ähnlichem befinden muss. Die Wände sind allerdings außergewöhnlich sauber und weiß getüncht. Die Nebel in meinem Kopf lichten sich nur langsam, doch ich sehe jetzt alles deutlicher.

Die Mauer endet, windet sich um die Ecke. Was wird mich dort erwarten? Dunkelheit? Spinnen? Ich habe keine Angst. Von Tieren droht mir keine Gefahr. Ein Geräusch lässt mich zusammenfahren: ein Rascheln. Soll ich zurückkehren zur Matratze? Angewidert rümpfe ich die Nase. Mein Hals ist so trocken, was würde ich für eine Flasche Bier geben oder sogar für einen Schluck Wasser! „Reiß dich zusammen, Sami." Fast lautlos bewegen sich meine Lippen. Ein Satz aus der Vergangenheit. Wie oft habe ich ihn damals hören müssen, als ich noch bei meiner Tante lebte. Es war mir von jeher schwergefallen, mich anzupassen und unser Zusammenleben wurde immer schwieriger, eine Zerreißprobe für die Tante und für mich, die wir beide nicht bestanden.

Schließlich blieb mir nur noch die Flucht in eine vermeintlich bessere und freiere Welt. Hätte ich doch nur ... Egal! Man kann vergangene Zeit nicht zurückholen.

Angestrengt versuche ich, mich auf das Hier und Jetzt zu konzentrieren. Egal, was mich auch erwartet, ich muss mich dem stellen. Vor allem aber muss ich hier raus. Nachdenken kann ich später.

Das Licht der Glühbirne ist unzureichend, es leuchtet den Gang, der jetzt vor mir liegt nicht vollständig aus. Er endet im Dunkel. Doch noch kann ich einigermaßen sehen. An den Wänden stehen Holzregale. Auch hier sieht alles sauber und ordentlich aus. Hübsch nebeneinander aufgereiht stehen Kästen, Kartons und Blechdosen.

Ob ich hier wohl etwas zu trinken finde? Oder wenigstens einen Wasserhahn? Ich lecke mir über die spröden Lippen. Begierig halte ich nach Flaschen Ausschau. In einem Keller wird doch oft Wein gelagert. Allerdings scheint dies kein gewöhnlicher Keller zu sein. Es raschelt wieder. Sicher nur eine Ratte. Aber ich muss trotzdem vorsichtig sein.

Ich bewege mich auf das zwielichtige Dämmerlicht zu, ohne etwas Brauchbares gesichtet zu haben. Zögernd öffne ich einen Karton und schaue enttäuscht auf den Inhalt. Gummihandschuhe, ja, ob ihr es glaubt oder nicht, es sind wirklich hauchdünne Gummihandschuhe! Sie fühlen sich glatt und kühl an und riechen nach Latex.

Frustriert stelle ich die Schachtel zurück ins Regal und tappe weiter. Schwarze Schatten lauern mir auf, wollen mich anspringen. Erneut krümmt sich der Gang um eine Ecke. Das ist kein Keller, das ist ein Labyrinth! In der Ferne ein bläulicher Lichtschein. Wieder Regale an der einen Wand. Undeutlich erkenne ich weiter hinten so etwas wie einen Tisch. Ich gehe darauf zu. Der Gang wird breiter, das Licht ein wenig heller. ›Warum ist es blau?‹, frage ich mich unsinnigerweise. Der Tisch ist aus Metall, hinten an der Wand befindet sich ein großes, fast wannenartiges Becken, ebenfalls aus Metall. Darüber mehrere Wasserhähne nebeneinander. Woher kommt mir das so bekannt vor? Eine schemenhafte Erinnerung taucht auf und entschwindet wieder, bevor ich sie zu fassen bekomme.

Schon steuere ich auf das Becken zu, endlich ... Trinken! Das lenkt mich etwas ab. Rechts neben mir befindet sich noch ein langes und wuchtiges Regal, ebenfalls aus Metall. Doch es enthält keine Kästen oder Dosen wie die Holzregale vorhin, sondern Gläser in allen möglichen Größen. Interessiert betrachte ich sie, kann aber nicht genau erkennen, was sich darin befindet, denn das Regal befindet sich im Halbschatten. Also schaue ich mich erst vorsichtshalber noch einmal um. Doch hier ist niemand und das Gewölbe endet anscheinend mit der Wand, an der sich die Wasserhähne befinden. Dann greife ich nach einigem Zögern mit beiden Händen ein großes Glas und halte es hoch.

Was ist das? Ich unterdrücke nur mit Mühe einen erneu‑
ten Brechreiz. Nein, so etwas gibt es doch nur in Horror‑
filmen! Oder ich stehe unter Drogen! Dies hier kann
nicht wirklich sein!‹, fährt es mir durch den Kopf. Der
Schmerz war schon etwas abgeebbt und meldet sich nun
zurück, schlimmer als je zuvor. Es hämmert und bum‑
mert in meinen Schläfen. Mein Schädel droht zu bersten.
Das sagt mir endgültig, dass es kein Traum ist, auch
kein Rausch. Nein! Es ist real, was ich dort in den Hän‑
den halte.

Ich stoße einen unkontrollierten Schrei aus und halte
mit letzter Willenskraft das Glas krampfhaft fest, damit
es mir nicht entgleitet und auf dem Boden in tausend
Stücke zerspringt.
Fassungslos schaue ich auf das, was da in einer Flüs‑
sigkeit schwimmt. Fast gespenstisch wird das Glas mit
dem embryoartigen Gebilde in ein blaues Licht getaucht.

4

Wärme umgibt mich. Ich fühle mich geborgen und die Dunkelheit schwindet. Benommen öffne ich die Augen, um sie sofort wieder zu schließen. Strahlender Sonnenschein blendet mich und ich blinzle, um mich an das Licht zu gewöhnen. Für einen Moment bin ich orientierungslos und schaue mich vorsichtig um. Dann realisiere ich, dass ich immer noch an der Mauer liege.

Wie ein Hammerschlag stellt sich die Erinnerung ein. Wieder sehe ich die Toten vor mir, dieses Massaker, für das ich immer noch keine Erklärung finde. Dann fällt mir der Kellerraum ein. Wo ist der Keller mit seiner grausigen Einrichtung geblieben?

Immer noch ist mir speiübel und ich muss würgen. Doch außer grüner Gallenflüssigkeit kommt nichts mehr. Mir wird weiß vor Augen und ich muss mich beherrschen, damit ich nicht wieder ohnmächtig werde. Wenn ich nur die verdammten Drogen nicht genommen hätte. Das ist aber schon immer mein Problem. Nein, nicht die Drogen, sondern wenn ich Menschen vertraue, dann voll und ganz. Ich vertraue jedem aus unserer Gruppe, zu viel haben wir schon gemeinsam erlebt und durchgestanden. Ich konnte doch nicht ahnen, dass mir jemand Tabletten geben würde, die mich gefügig und willenlos machen.

Immer wieder muss ich an den Keller denken. Hatte ich das Ganze nur geträumt? Hatten mir die Drogen einen Streich gespielt und es gab diesen Keller überhaupt nicht? Gerne würde ich das glauben, aber die Erinnerung ist zu real, als dass sie einem Traum oder meiner Fantasie entsprungen sein konnte. Ich versuche, mich an mehr zu erinnern, aber da ist nur Nebel. Dann fällt mir auf, dass der Nebel, der vorhin noch den Platz vor der Mauer verhüllt hatte, gänzlich verschwunden ist und die Sonne alles erhellt.

In diesem Moment reißt mich ein freudiges Bellen aus meinen Gedanken. Es hört sich nach Ricky an, Samuels Hund. Ich drehe mich suchend um und sehe Ricky auf mich zulaufen. Wenn Ricky hier ist, dann kann Samuel doch nicht weit sein. Er würde seinen Collie, den er einmal des Nachts aus einem Tierheim gestohlen hatte, niemals alleine lassen.

Ich versuche mich zu erheben, doch die Kälte reicht immer noch bis tief in meine sowieso kaum noch vorhandenen Muskeln. Ich will aufstehen doch meine Füße rutschen weg und ich knalle in voller Länge auf den Boden. Beim Versuch, mich abzufangen, stauche ich mir das rechte Handgelenk. Ich schreie kurz auf und setze mich wieder an die Mauer. Dann rufe ich nach Samuel. Er muss doch in der Nähe sein und mich hören. Aber er kommt nicht. Ricky hat sich mittlerweile zu mir gelegt und bietet mir seinen Bauch zum Kraulen an. Ich lege meine Hand auf ihn und die wohlige Wärme des Tierkörpers lässt mich für einen kurzen Moment mein ganzes Elend vergessen. Ich sehe Menschen an mir vorbeilaufen und denke, dass ich doch eine ganze Weile bewusstlos gewesen sein muss. Mittlerweile muss es Mittag sein, denn die Sonne hat schon etwas Kraft und der Boden ist trocken, obwohl es doch letzte Nacht so stark geregnet hatte. Ich beobachte die Menschen, die im Gegenzug keinen Blick für mich erübrigen. Wahrscheinlich sind sie froh, dass sie nichts mit mir zu tun haben. Ich mache wohl auch keinen guten Eindruck auf sie, wie ich hier so sitze, mit meinen schmutzigen Jogginghosen, dem alten Strickpullover und meinem Ledermantel. Ledermantel?

Ich hebe meine Arme und sehe nur den verblichenen und harten Pullover. Mein Mantel ist nicht zu sehen. Ich suche den Boden um mich herum ab, aber mein Mantel ist weg. Dafür liegt eine bunte, dicke Decke hinter mir. Ich habe sie bisher nicht bemerkt, sie musste mir von der Schulter gerutscht sein, als ich versuchte, mich aufzurichten. Dann fällt mir etwas auf. Die Decke sieht genauso aus, wie meine Kuscheldecke, ohne die ich bis zu meinem zwölften Lebensjahr nicht einschlafen konnte. Es war die Lieblingsdecke meiner Mutter und ich wollte sie nie mehr hergeben. Sie war meine Erinnerung an meine Mutter. Auch nach Jahren glaubte ich, dass ich ihren Geruch immer noch in jeder Faser wahrnehmen konnte. Doch meine Tante hat die Decke an meinem zwölften Geburtstag entsorgt. Ich werde ihr das nie verzeihen.

Wie aber kann diese Decke jetzt hier bei mir liegen? Ich nehme einen Zipfel und rieche daran. Sie riecht frisch, aber nicht neu. Die Decke musste vor kurzem gewaschen worden sein. Wie kommt sie hierher und wo war sie die ganzen Jahre?

Ich bemerke, dass meine Gedanken langsam klarer werden. Wieder muss ich an den Keller denken. Während ich Rickys Bauch kraule, suche ich in meiner Erinnerung nach weiteren Fragmenten. Das Glas. Ich bin mir nun sicher, dass sich in dem Glas ein menschlicher Embryo befunden hat. Deutlich sehe ich die kleinen Beine und Arme vor mir. Ich frage mich, welche Menschen so etwas tun. Wie pervers müssen Menschen sein, um andere menschliche Wesen zu konservieren? Oder gibt es eine logische Erklärung für das alles? Gehört der Keller vielleicht zu einem Krankenhaus und man hielt mich für tot? Hätte man mich dann aufgeschnitten und mir Organe entnommen? Oft habe ich schon gehört, dass Obdachlose die perfekten Opfer der Organmafia sind. Sie haben kein Heim, keine Familie kümmert sich um sie und niemand wird sie vermissen, außer vielleicht die anderen Obdachlosen. Aber denen schenkt niemand Beachtung. So viele Fragen schießen mir durch den Kopf und ich bemerke, wie sich ein stechender Schmerz hinter meine Augen schleicht. Kopfschmerzen kündigen sich an.

Wenn ich doch nur einschlafen könnte und nie mehr

aufwachen würde. Ich denke, dass dies eine gute Lösung wäre. Aber da kommt die Kämpferin in mir durch und ich entschließe mich, etwas zu schlafen, bevor ich weiter versuche, in meiner Erinnerung nach der Wahrheit zu suchen. Die Decke wird mich wärmen, also ziehe ich sie über mich und Ricky, der mittlerweile eingeschlafen ist. Ich lege mich auf die Seite, stecke meine Hände unter die Decke zwischen meine Beine und erstarre. Meine Hände fühlen Feuchtigkeit, die nicht vom Boden stammen konnte. Was ist denn nun wieder? Hatte ich mich, ohne es zu bemerken, eingenässt? Mühsam richte ich mich wieder auf, hebe meine Hände und dann sehe ich das Blut.

Mein Blut.

5

Ein nie gekanntes Entsetzen überfällt mich. Ich springe auf, was mir aber wirklich nicht gut bekommt. Sofort setzt wieder Schwindelgefühl ein und ich glaube, ohnmächtig zu werden. Auch Ricky ist aufgesprungen und mustert mich argwöhnisch. Ich muss hier weg, ich muss an einen sicheren Ort. Sollte ich etwa zur Polizei gehen? Aber was soll ich denen erklären? Ich weiß ja noch nicht einmal selbst genau, was wirklich passiert ist oder was aufgrund der Drogen mein Hirn mir vorgaukelt. Ich sehe an mir hinab. Meine zerrissene Jeans ist von Blut durchtränkt. Erst als ich das viele Blut sehe, setzen auch die Schmerzen ein. Ein ziehender, fast beißender Schmerz in meinem Magen und meinem Unterleib. Wie ein Mantra sage ich mir immer und immer wieder: „Runter von der Straße – runter von der Straße." Aber wohin? Wo haben wir uns früher aufgehalten, meine ‚Gang' und ich, bevor wir diese Sache mit den Wohnungseinbrüchen angefangen haben? Ich versuche mich zu konzentrieren und wie ein Schatten fällt die Erinnerung an meine Tante über mich. „Nein", sage ich laut zu mir, „nein. Das wäre wirklich das Letzte dort bettelnd wieder aufzukreuzen."

Beide Arme um meinen Leib geschlungen, zusammengekrümmt, setze ich vorsichtig einen Schritt vor den anderen. Ricky geht langsam neben mir her. Ich werde in das Haus mit den Leichen zurückkehren, denn ich muss die Wahrheit erfahren. Wenn ich Glück habe, hat die Familie noch keiner gefunden und die Polizei weiß deshalb nichts davon. Dort kann ich mich säubern, mich vergewissern, dass ich keine lebensgefährliche Verletzung habe. Dort finde ich was zu essen und vielleicht auch saubere Kleidung, die mir passt. Und dort werde ich ein Stückchen des Puzzles finden, um die Wahrheit aufzudecken.

Es ist gut in einer Großstadt wie Berlin zu leben, zumindest was das Netz der öffentlichen Verkehrsbetriebe angeht. Ich muss nicht lange gehen, um die nächste U-Bahn-Haltestelle zu erreichen. Verstohlen zwänge ich mich in den Wagen, als die Tür noch nicht einmal komplett geöffnet ist. Ricky schlüpft hinter mir ebenfalls in das Abteil. Die Mitfahrer beachten mich kaum. In Berlin sieht man schon Schlimmeres, als ein vermeintlich bekifftes Mädchen, das total verdreckt und in sich zusammengesunken auf einen Sitzplatz fällt. Schon fünf Stationen weiter habe ich mein Ziel erreicht. Wieder Glück gehabt – keine Fahrkartenkontrolle. Langsam bewege ich mich auf das Haus zu. Samuels Collie folgt mir bei Fuß und sieht immer wieder zu mir hoch. Immer noch umklammere ich meinen schmerzenden Leib. Wie von unsichtbaren Fäden werde ich zu der Stelle gezogen, an der die Familie in ihrem Blut lag. Ich richte mich auf. Es kommt mir vor, als würde die kleine Villa mich anstarren und hypnotisieren. Die Umgebung ist ruhig. Ich sehe mich kurz um und gehe die kleine Treppe zum Haupteingang hoch. Die Haustür ist tatsächlich nicht geschlossen, sie steht einen kleinen Spalt offen und Ricky und ich huschen ungesehen in das Innere des Hauses. Mit der Schulter werfe ich dann die Tür ins Schloss. Der wahre Albtraum kann nun beginnen.

Hier drinnen herrscht eine schon fast unheimliche Stille, nur ganz entfernt höre ich das Ticken einer Uhr. Behutsam nähere ich mich dem Wohnzimmer, dort wo die Familie wie aufgebahrt am Boden lag. Ricky stieß ein kleines Jaulen aus, als ich ihn am Kragen festhielt. Ich will nicht, dass er den Toten zu nahe kommt. Aber da sind keine Leichen mehr. Erschrocken vergesse ich sogar für einen Moment meine Schmerzen. Der Mann, die Frau und das Kind sind weg. Nur die Blutspuren und die langsam verblassenden Engelsflügel, die der Mörder um die Leichen mit Kreide gemalt hatte, sind noch vorhanden. Diese Engelsflügel, die auch um die leblosen Körper meiner Eltern gezeichnet worden waren. Damals, als mein Leben sich zum stetigen Abstieg in die Hölle wandelte.

Ich stoße einen tiefen Seufzer aus. War der Mörder etwa noch im Haus? Ich glaube nicht, sonst wäre Ricky nicht so ruhig geblieben. Ich verlasse mit dem Hund das Zimmer und schließe die Tür. Ich mache mich auf die Suche nach dem Badezimmer, während der Collie den Gerüchen aus der Küche folgt. Von unserem gestrigen Gelage liegen diverse Lebensmittel auf dem Boden verstreut. „Gut", denke ich, „zumindest du bist schon einmal versorgt".

Ausgestattet mit einer riesigen Wanne und einer Dusche finde ich das Badezimmer im Obergeschoss. Ich drehe den Hahn über der Wanne auf. Heiß sollte es sein, so heiß, dass ich das Wasser gerade noch ertragen kann. Es dauert nicht lange und das Zimmer ist in einen Hitzenebel getaucht. Ich schäle mich vorsichtig aus meinem zerschlissenen Pullover und begutachte meinen Oberkörper im Spiegel, nachdem ich diesen mit einem Handtuch von den Nebeltröpfchen befreit habe. Dann öffne ich meine Hose. In Gedanken bin ich auf das Schlimmste gefasst, und es tut weh, als ich das Kleidungsstück nach unten ziehe, weil das angetrocknete Blut sich mit Stoff und Haut verbunden hatte. Als ich auch meinen Slip herunter streife, kann ich jedoch keine äußerlichen Verletzungen feststellen. Ich kippe fast die ganze Flasche Badesalz, die am Wannenrand steht, in das Wasser, prüfe mit der Hand die Wassertemperatur und lasse mich langsam hineingleiten. Meine Schamlippen brennen schmerzhaft, als sie mit dem warmen Nass in Berührung kommen. Doch das ist nur kurz und geht schnell vorüber. Ich lasse mich nach hinten sinken. Die Wärme tut meinem Leib gut und ich fühle mich fast entspannt. Zaghaft betaste ich meinen Körper, aber bis auf ein paar tiefe Schürfwunden und ein paar blaue Flecken kann ich nichts entdecken. Ich gebe mich der Hoffnung hin, dass ich auch keine inneren Verletzungen davongetragen habe.

Die Wärme benebelt meinen Kopf und meine Augen fallen langsam zu. Ich gleite in einen Schwebezustand zwischen Wachen und Schlafen. Plötzlich, gerade bevor ich richtig einschlafe, lässt mich ein Geräusch hochfahren. Es klingt, als ob jemand versucht einen Schlüssel in einem Türschloss zu drehen, aber damit keinen Erfolg hat, weil der Schlüssel nicht einrastet. Ich ergreife das Badetuch, welches ich vorher schon neben die Wanne gelegt hatte, und schlinge es um mich. Mit angehaltenem Atem lausche ich weiter. Nun höre ich, wie die Tür doch aufspringt. Ich drücke mich gegen die Fliesen. Dann: „Chilly? Chilly, wo bist du?" Mein Herz setzt für mehrere Schläge aus. Tief ziehe ich die Luft ein und verharre in regloser Stille. Und wieder ruft jemand meinen Namen, diesmal lauter: „Chilly? Ich weiß, dass du hier bist. Also, verdammt noch mal melde dich." Ricky jault laut, dann beginnt er, zu kläffen. Ich werfe das Handtuch zu Boden und schlüpfe in einen gestreiften Bademantel, der an einem Haken an der Tür hängt. So wie es aussieht, scheint er dem Hausherrn gehört zu haben. Jetzt höre ich Schritte auf der Treppe, und wieder wird mein Name gerufen. Ich erkenne die Stimme – ich habe sie jahrelang ertragen müssen – und ihre Besitzerin hat mir auch den Spitznamen Chilly gegeben. Meine Nackenhaare stellen sich auf, ich japse nach Luft. „Ach, du Scheiße! Meine Tante ist hier."

Sie hat inzwischen bemerkt, dass sich jemand im Badezimmer aufhält, denn sie steht direkt vor der Tür. „Chilly, du dummes Mädchen. Was hast du nur wieder gemacht? Du ziehst alles Schlechte dieser Welt wie ein

Magnet an. Komm jetzt da raus und wir besprechen, was wir tun müssen." Meine Hand bleibt zitternd über der Türklinke schweben. Aber es gibt keine andere Möglichkeit, ich muss diese Tür öffnen, das Badezimmer hat kein Fenster, keine andere Fluchtmöglichkeit. Ich reiße die Tür auf. Meine Tante steht wie ein riesiger Dämon aus einem Schattenreich vor mir. Sie holt aus und versetzt mir eine schallende, schmerzende Ohrfeige. Ich reibe meine Wange und starre sie an.

„Du missratenes Miststück", keift die Alte. „Glaubst du wirklich, du könntest dich einfach so mir nichts dir nichts aus dem Staub machen? Denkst du wirklich, du könntest deiner Vergangenheit entfliehen?"

Der Trotz in mir erwacht, meine Augen werden zu kleinen, hasserfüllten Schlitzen. „Du gottverdammte, alte Kuh. Wenn du mich noch einmal anrührst, bringe ich dich um."

Meine Tante Gabriele gibt ein gepresstes „Pffft" von sich. Sie stemmt die Arme in die Hüften und beginnt laut zu lachen. „Chilly, du drohst mir? Bist du dir immer noch nicht im Klaren darüber, wozu ich fähig bin?"

6

Ich starre sie sprachlos an und versuche verzweifelt, dieser Information einen Sinn zu entlocken. Mein Gehirn ist wie eingetrocknet, meine Gedankengänge schwammig. Ich kann mir keinen Reim auf ihre Worte machen. Gabrieles hohles, dämonisches Lachen lässt meine Trommelfelle unangenehm vibrieren. Ihr kalter Blick wandert mit wissenschaftlicher Neugierde an mir herunter. Sie beobachtet mich mit dem Interesse eines Entomologen, der einen besonders seltenen Käfer studiert. Plötzlich werde ich mir bewusst, dass ich den Gürtel des Bademantels nur notdürftig verknotet habe und er nun vorne bis zur Taille offen steht. Bewegung kehrt in meine Gliedmaßen zurück und ich raffe das kratzige Kleidungsstück fester um meinen schmerzenden Körper. Mein Blick fliegt hektisch durch den Raum auf der Suche nach irgendeiner Art Waffe, doch außer einem Stielkamm am Waschbeckenrand kann ich im Badezimmer nichts entdecken, was sich gegen meine korpulente Tante einsetzen ließe. Als hätte sie meine Absicht geahnt, grapscht sie an mir vorbei und greift sich den Kamm mit ihrer fleischigen Pranke. „Zieh dich an!", herrscht sie im Befehlston und wirft frische Kleidung vor mir auf den Boden. „Wir müssen hier verschwinden. Also beeil dich."

Ich höre sie die Treppe hinunter poltern und im Erdgeschoss rumoren. Vor Erleichterung schließe ich die Augen und lasse langsam den Atem entweichen, den ich die ganze Zeit unbewusst angehalten habe. Während ich krampfhaft überlege, ob ich heimlich in eins der Schlafzimmer schleichen und zum Fenster hinausklettern soll, wird mir wieder schwindelig. Ich umklammere das Waschbecken und konzentriere mich auf mein Spiegelbild. Blutunterlaufene Augen starren zurück. Ich betrachte mein Ebenbild mit klinischem Interesse. Stecknadelkopfgroße Pupillen, wirres, nasses Haar, wachsbleicher Teint. Meine linke Wange ziert jetzt ein roter Handabdruck. Wie konnte sie es wagen, schon wieder die Hand gegen mich zu erheben? Eiskalte Wut ballt sich in meinem Magen zu einem harten Knoten und überlagert für wenige Sekunden jedes andere Gefühl in mir. Eines Tages werde ich es ihr heimzahlen, das schwöre ich bei Gott. Doch zuerst muss ich an meine Flucht denken. Ich versuche mich zu sammeln und hole bewusst mehrmals tief Atem, um das Schwindelgefühl zu unterdrücken. Sollte ich heil aus dieser Sache raus kommen, werde ich für den Rest meines Lebens keine Drogen mehr anrühren.

Gefühlte fünf Minuten später platzt Gabriele erneut ins Badezimmer und zerrt mich vom Spiegel weg die Treppe hinunter. „Sagte ich nicht, wir müssen uns beeilen? Nun komm endlich …“ Sie bugsiert mich grob in Richtung Haustür. Ricky taucht mit aufgestelltem Nackenhaar aus der Küche auf und stellt sich uns in den Weg. In seiner Kehle ballt sich ein tiefes, bedrohliches Knurren. Er legt die Ohren zurück und fletscht die

Zähne. Seine ganze Körpersprache zeigt extreme Aggressivität. So habe ich ihn noch nie zuvor gesehen und bekomme es fast ein wenig mit der Angst zu tun. Meine Tante jedoch zeigt sich völlig unbeeindruckt von dem geifernden Hund und dirigiert mich gnadenlos zum Ausgang. Dabei kommen wir an der nun offenen Wohnzimmertür vorbei. Ich linse aus den Augenwinkeln in den Raum, erwarte die gezeichneten Engelsflügel auf dem Fußboden zu sehen und das eingetrocknete Blut. Doch da ist – nichts.

„Jetzt glotz nicht lange herum. Weißt du, ich habe wirklich keine Lust mehr, ständig hinter dir aufräumen zu müssen. Das war jetzt bereits das dritte Mal. Und ich werde dafür sorgen, dass es auch das letzte Mal war", zischt sie mir mit grimmiger Miene zu. „Du kommst jetzt wieder dahin, wo du hingehörst, du kleine Psychopathin."

Was? Was redet die Alte da? Ich versuche mich aus ihrem eisernen Griff zu lösen, doch sie umklammert mein Handgelenk wie ein Schraubstock. „Lass mich los, verdammt. Du tust mir weh! Ricky, Ricky, hilf mir!" Doch der Hund kommt nicht zu meiner Rettung herbeigeeilt. „Ricky!", schreie ich gellend.

„Halt endlich mal dein verdammtes Maul. Hier gibt es keinen Ricky. Wer zum Teufel soll denn dieser Ricky sein, hm? Einer deiner missratenen Freunde vielleicht? Ich wette mit dir um hundert Euro, dass sogar dieses Gesindel froh ist, dich los zu sein." Ihre Stimme trieft vor

Gehässigkeit. „Und wo wir schon dabei sind – was meinst du, woher ich wusste, wo du dich herumtreibst?", schleudert sie mir entgegen und packt mein Handgelenk fester.

Ich glaube, mich verhört zu haben. Das darf doch nicht wahr sein. Sie lügt. „Du lügst", fauche ich sie an.

Sie dreht sich zu mir um und bringt sogar ein mildes Lächeln zustande.

Doch in ihren eisblauen Augen erkenne ich die Wahrheit. Und ich sehe ihr Vergnügen über meinen Schock ob dieses neuen Verrats meiner sogenannten Freunde. Wo ist denn bloß der Collie geblieben, frage ich mich verzweifelt. Sekunden zuvor stand er doch noch hier, im Begriff, sich auf meine Tante zu stürzen und Hackfleisch aus ihr zu machen. „Ricky", wimmere ich. Gabriele wirft mir wieder einen argwöhnischen Blick über die Schulter zu. Sie scheint den Hund nicht bemerkt zu haben. Ist es möglich, dass der Collie lediglich meiner gepeinigten Fantasie entsprungen ist? So wie das Glas mit dem konservierten Embryo? Oh, lieber Himmel, was geschieht nur mit mir?

Ich wehre mich, mit all meinen Kräften und klammere mich mit der freien Hand am Türstock fest. „Warte!", stoße ich zwischen zusammengebissenen Zähnen hervor. „Ich verstehe das alles nicht …"

Gabriele dreht sich um und gibt mir eine Kopfnuss. „Was verstehst du nicht, du dummes Ding?"

„Alles", schniefe ich. „Was geschieht hier? Warum

bist du hier? Wer waren diese toten Leute?"

„Chilly, wie lange willst du denn noch die Realität verleugnen? Du kannst dich nicht ewig hinter deiner eingebildeten Amnesie verstecken. Diesmal kommst du nicht damit durch. Sei froh, dass ich hier bin und nicht die Polizei. Ich werde dafür sorgen, dass du die Behandlung bekommst, die du brauchst."Sie macht Anstalten, mich wieder zur Haustür zu zerren. „Welche Behandlung? Wohin willst du mich bringen?" Helle Panik wallt in mir auf. Meine Tante winkt unwirsch ab. „Samantha, wir sprechen im Auto weiter. Ich werde dir alles erklären, aber komm jetzt endlich."

Wenn sie mich erst einmal in ihren Wagen verfrachtet hätte, wäre ich ihr hilflos ausgeliefert, wird mir klar. Mit verzweifelter Kraft kralle ich mich weiter am Türrahmen fest. „Ich werde dieses Haus nicht eher verlassen, bis du mir nicht endlich sagst, was hier vor sich geht."

„Nun, das muss ich dich ja wohl fragen. Warum konntest du die Leute nicht einfach in Frieden lassen? Eine ganze Familie, Chilly. Na, bist du stolz auf dich? Ich habe schon immer geahnt, dass du abgrundtief schlecht bist, schon damals, als das mit den Katzen losging. Aber deine Mutter wollte nicht auf mich hören. Tja, du hast es ihr dann ja richtig gezeigt, nicht?"Was meint sie mit den Katzen? Ich verstehe überhaupt nichts mehr.

„Du erinnerst dich wirklich nicht, oder?", fragt sie, als sie meinen verwirrten Gesichtsausdruck bemerkt. „Dann will ich deinem Gedächtnis mal auf die Sprünge helfen: Als andere kleine Mädchen mit ihren Barbies gespielt haben, hast du die Katzen in eurer Nachbarschaft gefoltert und wie Christbaumschmuck an Bäume aufgehängt. Eine Nachbarin hatte dich dabei beobachtet, aber deine dummen Eltern wollten nichts davon wissen." Sie mustert mich mit zusammengekniffenen Augen. „Die Katzen waren nur zum Üben da. Richtig? Als Nächstes waren dann deine Eltern dran."

Flashback: Ich kann regelrecht spüren, wie in meinem Kopf ein Schalter umgelegt wird, und sehe mich selbst als siebenjähriges, blond gelocktes Mädchen, weinend vor einem gehäuteten Katzenkadaver knien. Meine heißen Tränen fallen auf das rosa Fleisch. In der Ferne höre ich zwei Jungen grausam lachen. „Na, gefällt dir das", rufen sie zu mir hinüber und weiden sich an meinem Entsetzen.

Die Stimme meiner Tante katapultiert mich aus der Vergangenheit zurück in die Realität. „Ich sehe, die Erinnerung kommt wieder. Bist du endlich bereit, dich deinen Taten zu stellen?", fragt sie mit befriedigtem Gesichtsausdruck. „Ich war das nicht", stammle ich. „Im Ernst, ich war das nicht. Da waren zwei größere Jungs, die haben die Katzen getötet."

„Warum sagst du das?"

„Weil es die Wahrheit ist" erkläre ich mit Nachdruck.

„Du würdest die Wahrheit doch nicht einmal erkennen, wenn sie dir auf den Kopf fällt!", schreit Gabriele mich an und gibt mir wieder eine schallende Ohrfeige.

Mein Kopf fliegt zur Seite, so, dass ich meine Nackenwirbel knirschen höre. Ich schmecke Blut und betaste ungläubig mit der Zungenspitze einen wackeligen Zahn. Ohne lange zu fackeln, legt sie gleich mit einem gut positionierten Fausthieb in meine Magengrube nach. Schmerz explodiert in meinem Bauch. Irgendetwas in meinem Inneren ist gerissen, ich fühle wieder eine klebrige Flüssigkeit aus mir herausrinnen. Stöhnend klappe ich zusammen und sinke zu Boden. Der Schmerz hat all meinen Trotz ausradiert, ich leiste keinen Widerstand mehr, als sie mich abermals packt und zur Tür hinauszieht.

7

Nur verschwommen nehme ich wahr, wie meine Tante mich zum Auto dirigiert. Der Schmerz scheint meine Sinne zu betäuben und versetzt mich in eine Art Dämmerzustand. Nicht schlafend aber auch nicht wach.

„Das Gehirn produziert bei zu großem Schmerz und Angst mehr Adrenalin, um deinen Körper zu schützen", schießt es mir durch den Kopf. Und während ich noch darüber nachdenke, wo ich diese Information aufgeschnappt habe und ob es sich wirklich um Adrenalin, oder um ein anderes Hormon handelt und weshalb ich überhaupt über so etwas Banales nachdenke, schleicht sich ein anderer Gedanke in mein Bewusstsein.

„Irgendwas stimmt nicht", flüstert eine kleine Stimme in meinem Kopf. Es fühlt sich an, wie in einem dieser Horrorfilme, in dem die einzelnen Teile nicht zusammenpassen und den Zuschauer verwirren. Wie einer der Momente in einem Buch, an dem man zurückblättert, um zu sehen, ob man vielleicht einige Seiten, vielleicht sogar ein ganzes Kapitel, überlesen hat. Als ob ich irgendetwas übersehen, einen wichtigen Handlungsstrang nicht mitbekommen hätte. Ich merke, wie meine Tante mich im Sitz anschnallt. Alles ist so dumpf. Wie bin ich eigentlich aus diesem Keller gekommen. Wieso bin ich noch mal zurück zum Haus?

Das Atmen fällt plötzlich schwer. In meinem Kopf beginnt alles durcheinanderzuwirbeln. Krampfhaft bemüht sich mein Geist, das Geschehene zu rekonstruieren und der Situation einen sinnvollen Zusammenhang zu geben. Okay, ich bin zu diesem Haus gegangen, dem Haus mit den Leichen. Die Leichen, die nicht mehr da sind. Das Blut in meinen Ohren rauscht zu laut. Es fällt mir schwer, einen klaren Gedanken zu fassen. Wieso bin ich in diesem fremden Haus in die Badewanne gegangen? In dem Haus, in dem eine ganze Familie umgebracht worden war? Um das Blut aus meiner Kleidung zu bekommen, genau! Mein Blut. Aber hatte ich Wunden gefunden? Ich kann mich nicht erinnern. Das macht einfach keinen Sinn. Nichts davon war logisch. Das Auftauchen meiner Tante, das Verschwinden von Ricky, diese angebliche Vergangenheit als Katzenkillerin. Als Mörderin meiner Eltern.

Das Anfahren des Autos, welches mich in meinen Sitz drückt, fühlt sich an, als ob jemand auf meiner Brust sitzt. Ich bekomme keine Luft, öffne den Mund, um einen tiefen Luftzug zu nehmen. Doch statt mit Luft, füllen sich meine Lungen mit Wasser. Moment, Wasser? Immer tiefer werde ich in diesen Strudel aus Verwirrung und Zweifel gerissen. Wenn ich nur endlich atmen könnte. Ich will das Autofenster öffnen, will schreien. Doch alles, was ich rausbringe, ist ein Gurgeln.
Eine Hand greift mir von hinten in den Nacken und

zieht meinen Kopf nach oben. Ein greller Lichtblitz blendet mich. Ich schließe schnell die Augen, um mich vor dem Licht zu schützen. Atme ein, huste, erbreche einen Schwall Flüssigkeit. Die Realität bricht wie eine Welle über mich hinein. Ich spüre, wie ich tatsächlich in ein Becken gedrückt werde. Merke die Panik in meinem Körper, und wie mein Überlebensinstinkt die Kontrolle übernimmt.

Wie eine Ohrfeige schlägt mir die Realität ins Gesicht. Man versucht mich wirklich zu ertränken! Ich realisiere, dass ich nicht in einem verdammten Auto sitze. Unter meinen Knien spüre ich kalten Steinboden. Diese Hand, die sich in meinen Haaren festkrallt, drückt meinen Kopf wieder und wieder unter Wasser. Ich bäume mich auf und versuche mich aus dem Griff zu lösen. Dem sicheren Tod zu entkommen. Meine Hände versuchen irgendwas zu greifen, um sich gegen den Griff zu stemmen. Ich bekomme den Beckenrand zu packen, rutsche ab. Tauche erneut ab. Grade als meine Kraft mich droht zu verlassen, stoppt die Tortur.

Wasser rinnt mir aus den Haaren in die Augen. Doch ich registriere es kaum. Die Angst ist alles, was ich spüre. Alles, was interessiert. Mein Blick irrt umher. Wo bin ich? Mein immer noch verschwommener Blick bleibt an einem Glas hängen. Dieses Glas wirkt so bekannt. Ich blinzle, um den Inhalt besser zu erkennen.

Während mein Geist neben dem Embryo in dem Glas das Kellergewölbe wiedererkennt, spüre ich, wie sich der Griff in meinem Haar verstärkt.

Voller Angst höre ich die raue Stimme voller Hohn an meinem Ohr:

„Dachtest du wirklich, ich hätte dich vergessen, Baby Girl?"

8

Dann höre ich plötzlich ein böses Lachen neben mir, ein mir bekanntes und verhasstes Lachen. Es ist das meiner Tante, dieser alten Hexe. Ich wische mir die nassen Haare aus dem Gesicht. Doch wo ist das Wasser, das mich so nass gemacht hat? Es ist kein Wasser, sondern der Schweiß auf meiner Stirn.

Es gibt auch keine Wanne und keinen Embryo. Die Bilder schwirren wie unheimliche Geister in meinem Kopf. Doch sie sind nicht hier, nicht im Jetzt.

Ich sitze eingepfercht auf dem Sitz des Wagens. Und ich sehe nichts außer dem abscheulich grinsenden Gesicht von Gabriele. Mir wird erneut übel. Mein Magen und der Unterleib schmerzen höllisch. Mein ganzer Körper zittert.

Ich bekomme keine Luft. Wieder überkommt mich das Gefühl, als würde mich jemand ertränken. Ich ersticke noch. Irgendetwas ist in meinem Hals oder in meiner Lunge. Ist es doch das Wasser aus der Wanne? Aber die Wanne ist immer noch nicht da. Ich sehe sie nicht. In meinem Mund macht sich plötzlich ein ekliger Geschmack breit. Es schmeckt nach Eisen und ist klebriger als Wasser. Es ist Blut, mein Blut. Ich ersticke gleich qualvoll an meinem eigenen Blut. Wie sehr wünsche ich mir, jemand würde mich jetzt doch in der Wanne ertränken.

Der Blutschwall in meinem Mund scheint immer

größer zu werden. Ich keuche, aber das hilft nicht. Das Blut verklebt alles wie ein widerlicher Leim. Ich kann nicht mehr atmen. Ich muss meinen Mund öffnen, doch dann übergebe ich mich. Sterben oder kotzen? Ich entscheide mich fürs Zweite. Ein Blutschwall und die letzte Gallenflüssigkeit fließen aus meinem Mund. Die weiße Innenausstattung vom Wagen meiner Tante wird plötzlich rot.

Der Blick meiner Tante wird wahnsinnig, als sie den Schaden sieht, den ich angerichtet habe. Wie eine Furie packt sie mich an den Haaren, die immer noch schweißnass sind. Sie zieht meinen Kopf so nach unten und drückt ihn mitten in die Mischung aus Erbrochenem und Blut. Mein Gesicht ist schließlich damit völlig verschmiert. Außerdem schmerzt mein Körper, denn sie verbiegt mich komplett. Ich weiß nicht, ob ich weinen oder schreien soll. Ich muss mich erneut übergeben, denn der eklige Geschmack und Geruch, der sich über mein Gesicht verbreitet und in meine Nasenlöcher gedrängt hat, lässt mir keine andere Wahl.

„Das machst du sauber, du Miststück!", schreit meine Tante außer sich. „Du bist wirklich zu nichts zu gebrauchen!"

Ich entschließe mich, nichts zu sagen. Wenn ich den Mund öffne, spucke ich nur noch mehr Blut. Sie versteht sowieso nicht, was ich ihr sage. Diese Hexe ist zu ignorant und zu dumm. Sie hat mir in den Magen geschlagen. Es ist ihre Schuld, dass nur das Blut aus meinem

Mund strömt. Diese Schmerzen betäuben mich. Ihr verdammter Wagen ist mir ziemlich egal.

Bestimmt ist diese Frau der Teufel persönlich. Sie hat wahrscheinlich den Embryo irgendwo bei sich versteckt. Das Glas muss irgendwo in dieser dämlichen Karre versteckt sein. Was hat sie damit vor? Was hat sie mit mir vor?

Ich versuche, klar zu denken. Es fällt mir schwer bei diesen nicht enden wollenden Schmerzen. Aber eines wird mir klar: Meine Tante war immer in der Nähe, wenn die Morde passiert sind. Sie hat die Familie blutverschmiert im Haus liegen sehen. Sie hat Krokodilstränen geweint, als die bestialisch ermordeten Katzen plötzlich vor mir lagen. Diese Hexe fordert das Böse heraus und will es mir in die Schuhe schieben. Ich bin die drogensüchtige missratene Sami, die nichts merkt. Bei unseren ganzen Partys verliere ich den Überblick. Mein halbes Leben besteht aus Filmrissen. Wahrscheinlich bin ich genau deshalb für meine Tante ein guter Sündenbock. Mir glaubt eh niemand. Mir hat noch nie jemand geglaubt.

Gabriele krallt sich mit ihren Pranken krampfhaft an das Lenkrad. Der Hass steht ihr ins Gesicht geschrieben. Ich hoffe, dass diese Fahrt nie endet. Solange meine Tante das Steuer beherrschen muss, kann sie mir nichts tun.

„Du Drecksstück, das wirst du mir büßen!", höre ich sie immer schimpfen. „Du wirst elendig krepieren wie alle anderen." Doch ihre Stimme scheint aus der Ferne zu kommen. Ich höre sie nur gedämpft.

Mir schwinden die Sinne. Ich muss weiter nachdenken. Ich darf nicht einschlafen. Wenn nur diese verdammten Schmerzen nicht wären. Doch ich bin inzwischen Schmerzen gewöhnt. Leise sage ich zu mir: „Nur nicht aufgeben, Sami. Denke nach, Sami. Du hast den Teufel neben dir. Sei vorsichtig!"

Doch die Besinnungslosigkeit überkommt mich langsam aber sicher. Ich merke, wie mich die Dunkelheit umgibt. „Nein, Sami, bleibe wach!"

Ich spüre, wie der Autositz unter mir immer härter wird. Bald fühlt er sich an wie Stein, der sich in meinen Rücken bohrt. Ich fühle die Kälte. Ich kann mich kaum bewegen.

9

Das Einzige, was ich noch mitbekomme, ist, dass ich in Richtung Fahrersitz kippe, meine Tante mir einen Schubs verpasst und mich anbrüllt: „Du dumme Kuh, bleib sitzen, ich habe keine Lust, deinetwegen einen Unfall zu bauen!" Dann dreht sie das Radio lauter und es dröhnt daraus ein Lied von Madonna.

Ich fliege, alles um mich herum dreht sich, ein schönes Gefühl, ich habe keine Schmerzen mehr, ich höre Musik, wunderschöne Musik, ich möchte tanzen, nur noch tanzen, aber plötzlich ist es still ...

Wo bin ich? Langsam, wie in Trance, öffne ich die Augen. Ich sitze im Auto. In welchem Auto? Aus den Augenwinkeln erkenne ich jemanden neben mir ... oh Schreck, meine Tante. Ihr Kopf liegt leblos auf dem Lenkrad und ihre fetten Arme mit den großen Pranken hängen schlaff neben ihrem Körper herunter. Ist sie tot? Überall Blut – ich kann kein Blut mehr sehen, seit, ja, seit ich die Leichen in diesem besagten Haus entdeckte und meine Hände, aus welchem Grund auch immer, voller Blut waren. Mich schüttelt es noch heute bei dem Gedanken. Nur gut, dass ich allen Dreck, alles Blut im heißen Badewasser abwaschen konnte ... doch was ist das? Mein Gesicht spannt. Mit dem Zeigefinger der rechten Hand fahre ich über meine Wange. Ich halte mir den

Finger unter die Nase – igitt, das stinkt ja fürchterlich! Doch wonach riecht das? Um das herauszukriegen, befühle ich nun auch meine Stirn, Nase und das Kinn und merke eine eklige Kruste. Ich erinnere mich plötzlich, dass Gabriele mein Gesicht grob in das Erbrochene gedrückt hat. Wie sie total ausgerastet ist, weil ich mit meiner Kotze aus Blut und Gallenflüssigkeit ihre weißen Autositze in rote verwandelt und somit ihren heiß geliebten Wagen ramponiert habe. Ich könnte lachen, wenn es mir nicht so beschissen ginge. Da sehe ich die offene Beifahrertür. Mit einem Mal kommt Bewegung in meine Glieder, und ich denke – nix wie weg! Das ist die Gelegenheit. Mir kommt kurz in den Sinn: Hat sich der Wagen etwa überschlagen, war mir deshalb so, als würde ich fliegen? Aber woher kam die Musik?

Ach egal, nur raus hier! Doch irgendetwas hindert mich daran. Ich gerate in Panik. Hält mich Gabriele fest? Ein ängstlicher Blick zu ihr beweist mir das Gegenteil. Himmel, ich muss von hier verschwinden, bevor die Hexe wach wird, durchfährt es mich. Dieser Gedanke ergreift dermaßen Besitz von mir, dass ich beinahe wahnsinnig werde. Es dauert eine halbe Ewigkeit, bis mir klar wird, dass es der Sicherheitsgurt ist, der mich festhält. Hilfe suchend schaue ich mich um, aber niemand ist da, außer dieser leblosen Gestalt neben mir. Nervös versuche ich, den Gurt zu lösen. Meine Finger sind steif vor Kälte. Erst jetzt spüre ich, wie ich am ganzen Körper zittere. Ich schaffe es einfach nicht, diesen verdammten Gurt aufzumachen. Komisch, es kommt auch kein Auto vorbei. Gewiss hat meine Tante absichtlich eine solch abgelegene Straße genommen. Endlich gelingt es mir, den Gurt zu öffnen, und ich stürze förmlich aus dem Auto, geradewegs in den Straßengraben hinein. Und wieder tut mir alles weh. Fast hätte ich sie vergessen, die Schmerzen. Aber weil sie schon zu mir und meinem Leben gehören, wie alles an mir, ignoriere ich sie meistens. So wie eben. Doch im Moment beherrscht mich nur noch ein Gedanke. Ich muss diesen schrecklichen Ort so schnell wie möglich verlassen.

Mühsam rapple ich mich auf. Mir ist schlecht, mein Kopf tut weh. Aber das ist ja auch nichts Neues. Mechanisch befühle ich meinen Hinterkopf. Blitzartig ziehe ich die Hand zurück. Verklebte Haare lassen mich schaudern. Blut ... mir wird schwarz vor Augen.

Wie aus dem Jenseits höre ich ein Stöhnen – Hilfe, die Tante! Sofort bin ich hellwach. Die sofort einsetzende Panik verleiht mir ungeahnte Kräfte. Ich stolpere los. Ohne nachzudenken, krabble ich auf allen Vieren davon, immer weiter weg von der teuflischen Tante, weg von diesem unheimlichen Ort, weg, weg, einfach weg. Und mit einem Mal verschluckt mich der dunkle Wald. Ich versuche, mich an einem Baum aufzurichten. Erleichtert aufatmend lehne ich mich dann an diesen Laubbaum, eine Birke, wie ich unschwer an der weißen Rinde erkennen kann. Trotz stärker werdender Schmerzen muss ich grinsen, wenn ich an meine mageren Botanik-Kenntnisse denke. Der Lehrer verzweifelte oft an mir und meinem Nichtwissen. Und doch wünsche ich mich plötzlich, voller Wehmut, in meine Schulzeit zurück. Wie gerne würde ich wieder in meiner ehemaligen Klasse, neben meiner schwatzhaften Banknachbarin sitzen. Wenn das ginge, wäre ich jetzt schon in der 10a, wenn ... ja wenn ...

Ich schüttle den Kopf; so gut es geht bei den Schmerzen; denn ich muss mich jetzt konzentrieren. Ich will schnellstens weg von hier. Gabriele darf mich auf keinen Fall finden. Mein Herz klopft bis zum Hals, und wieder wird mir speiübel. Kein Wunder, ich habe ja auch nichts mehr im Magen. Wann war das zuletzt der Fall? Bei der Party mit meinen Freunden? Sind es überhaupt noch meine Freunde, falls das stimmt, was meine Tante behauptet? Doch sie lügt, das weiß ich. Ich hoffe es zumindest, denn ich frage mich schon, wo die anderen geblieben sind ... aber ich habe einen absoluten Blackout. Wenigstens Samuel hätte wieder auftauchen müssen. Warum aber kam Ricky allein? Samuel und sein Collie waren doch ein unzertrennliches Duo. Das ist schon sehr merkwürdig. Irgendetwas Schlimmes muss passiert sein. Leider sind alle wichtigen Erinnerungen an die Party wie wegradiert. Und worüber hatte ich mit Samuel gestritten? Ich weiß es einfach nicht mehr. Verflucht, diese verdammten Drogen, denke ich verbittert und laufe ziellos mit wankenden Schritten immer weiter in den Wald. Es scheint schon Nachmittag zu sein, denn die Sonne steht nicht mehr so hoch, wie ich zwischen den Bäumen deutlich erkennen kann. Ich muss noch vor einsetzender Dunkelheit aus dem Wald raus sein.

„Also weiter, Sami", befehle ich mir und setze meinen Weg fort. Ich muss aufpassen, damit ich nicht über die Baumwurzeln falle. Überall sind Äste und Zweige auf dem Waldboden verstreut. Deshalb trete ich vorsichtig auf, denn jedes Knacken könnte nicht nur Tiere anlocken, sondern der ungeliebten Tante, falls sie inzwischen nach mir sucht, den Weg zu mir ebnen. Das darf auf keinen Fall geschehen. „Aua! Was ist das?" Ich stürze ...

Mann, tut das weh! Ich mache die Augen auf und sehe ... nichts. Doch, ich sehe lauter Ameisen krabbeln – vor meiner Nase, über meine Hände. Es krabbelt einfach überall ... Ih! Mich schüttelt es. Wenn ich könnte, würde ich jetzt aufspringen, aber es geht nicht. Meine Knochen schmerzen, und sie fühlen sich an wie Blei. Ich versuche, diese Tierchen wenigstens von den Händen abzubekommen.

Doch was ist das? Ich spitze die Ohren. Habe ich nicht soeben Stimmen gehört? Wo kommen sie auf einmal her?

„Ist hier jemand?"

Ich muss mich bemerkbar machen. Samantha, denk jetzt ganz scharf nach, ermahne ich mich. Ich muss rufen, sonst finden sie mich nicht. Nicht auszudenken, wenn ich die Nacht im Wald verbringen müsste. Ich würde sicher erfrieren, oder Gabriele würde mich doch noch entdecken. Ich bekomme Angst. Höllische Angst. Also nehme ich meinen restlichen Mut zusammen und rufe: „Hilfe! Hilfe!"

Ich horche gespannt. Kein einziger Laut ist zu hören. Habe ich schon wieder Wahnvorstellungen? Wieder verfluche ich die Drogen. Doch die müssten normalerweise zusammen mit meiner Kotzerei den Körper längst verlassen haben, vermute ich hoffnungsvoll. Da höre ich sie wieder, die Stimmen, jetzt sogar ganz deutlich. Nun rufe ich, so laut ich kann, um Hilfe. Die Stimmen kommen tatsächlich näher. Mein Herz macht einen Hüpfer. Ich drehe langsam den Kopf zur Seite und blicke einem jungen Mann direkt in die Augen, als er sich zu mir runter beugt. Irgendwie kommt mir sein Gesicht bekannt vor, aber ich kann es nicht zuordnen. Da nähern sich auch schon die anderen. Es scheinen Waldarbeiter zu sein, wenn ich ihre Kleidung richtig deute.

Der junge Mann hebt mich hoch, und ich schreie vor Schmerzen auf. Sofort stellt er mich ab, und ich sacke neben ihm zusammen. Ich höre, wie sein Kollege sagt: „Das ist ja ein junges Ding. Wie kommt die hierher, was mag passiert sein? Ihr Gesicht sieht ja furchtbar dreckig aus."

„Reden wir nicht lange rum, die muss zu einem Arzt, Gesicht hin oder her!", höre ich jetzt den jungen Mann sagen, während er mich wieder – jetzt vorsichtiger als vorhin – auf den Arm nimmt.

„Zu welchem Arzt? Die Klinik ist achtzig Kilometer entfernt", schnauzt ihn der andere Waldarbeiter an.

„Sie scheint keine allzu großen Verletzungen zu haben", erwidert der junge Mann leicht gereizt, „aber mein
Bruder ist Arzt, wie ihr ja alle wisst, und seine Praxis
erreiche ich in fünf Minuten mit dem Auto."

Die anderen scheinen einverstanden zu sein, denn ich
höre nur noch: „Ist ja gut, dann fahre sie zu Gregor. Der
wird schon wissen, was zu tun ist."

Ich fühle mich plötzlich wohl in den Armen des Mannes, und ich schließe die Augen. Aber warum kommt mir
sein Gesicht bekannt vor? Mir fällt es einfach nicht ein.
Er trägt mich behutsam. So fürsorglich ist lange keiner
mit mir umgegangen, seit meine Eltern nicht mehr leben.
Ich seufze leise. Meine Mutter, die war immer so lieb zu
mir. Ich kuschle mich an die Brust des jungen Mannes, zu
dem ich irgendwie Vertrauen habe. „Sami! Achtung! Kein
zu schnelles Vertrauen. Du weißt doch, was dann passiert!", flüstert eine feine Stimme in meinem Kopf. Ich
spüre, wie ich in einen Sitz gepackt und angeschnallt
werde. Diese Szene erinnert mich schlagartig an meine
Tante. Erschrocken reiße ich die Augen auf und stelle erleichtert fest, es ist nicht Gabriele. Es ist der junge Waldarbeiter, der gerade hinter dem Lenkrad Platz nimmt, die
Tür zuschlägt und den Wagen langsam in Bewegung
setzt. Musik aus dem Autoradio ertönt. Das gleichmäßige
Schuckeln des Fahrzeugs auf dem Waldboden lassen
mich wegduseln ... aber nicht ganz weg ...

Flashback: ein kleines Mädchen, sieben Jahre alt, mit blonden Locken, kniet weinend vor einem gehäuteten Katzenkadaver, andere hängen in Bäumen, Wald, das hämische Lachen zweier Jungs ...

Ich öffne meine Augen zu schmalen Schlitzen und sehe, wie das Auto mit mir vor einem Haus parkt, sehe zwei junge Männer, wie sie sich laut lachend in den Armen liegen, und ich weiß plötzlich, woher ich den jungen Mann kenne.

10

Ich habe höllische Schmerzen im Magen und Unterleib und mir ist ganz schummrig. Meine Augen fallen mir langsam wieder zu.

„Wir müssen sie aus dem Auto holen", höre ich im Unterbewusstsein eine Männerstimme. Erschrocken reiße ich meine Augen auf und stelle fest, dass ich noch immer in dem Auto, welches vor dem mir unbekannten Haus geparkt wurde, sitze. Wie lange sitze ich hier schon im Auto? Es tritt bereits die Dämmerung ein.

Plötzlich wird die Beifahrertür von einem der jungen Männer geöffnet und einer der Beiden fragt mich, ob er mir beim Aussteigen behilflich sein soll, oder ich es alleine schaffe. Zögerlich und mit zitternder Stimme antworte ich ganz leise „ich denke nicht". Er hebt mich aus dem Wagen und stellt mich vorsichtig auf meine Beine. Doch kaum verlagert sich mein Körpergewicht auf die Füße, sacke ich wie ein nasser Sack neben ihm zusammen. Er versucht, mich an meinen Armen festzuhalten, doch ich liege schon auf dem sandigen Boden.

„Komm hilf mir!", sagt mein Retter.

„Wir müssen sie in mein Behandlungszimmer bringen", meint der andere. Die beiden Männer tragen mich behutsam ins Haus.

Nach einigen Minuten höre ich, wie sich die beiden jungen Männer mit einem „Bis morgen!" verabschieden.

Ich bin in einem Zustand zwischen Wachsein und Schlafen und vernehme eine Stimme, kann aber nicht genau zuordnen, ob ich träume oder es Wirklichkeit ist.

Ich spüre eine Hand auf meinem Handrücken, die mich vorsichtig schüttelt. „Hallo ... Kannst du mich hören? Verstehst du mich? Ich heiße Gregor und bin Arzt."

Ich öffne meine Augen und sehe mich vorsichtig um. Wo bin ich? Über mir gebeugt der junge Mann, der sich erneut vorstellt „Ich heiße Gregor und bin Arzt." Vorsichtig nicke ich. „Ich heiße Samantha."

„Was ist mit dir passiert? Ich werde dich erst einmal untersuchen. Ich hoffe, du hast keine ernsthaften Beschwerden, das Krankenhaus ist nämlich sechsundachtzig Kilometer von hier entfernt."

Apathisch nicke ich. Soll er mich untersuchen. Habe ich eine andere Wahl? Jedes Gefühl unterdrückend, lasse ich es über mich ergehen, als die warmen Hände tastend über meinen Körper wandern, hier und da Druck ausüben, was mir höllische Schmerzen bereitet. Irgendwann ist es vorüber und er begleitet mich in ein anderes Zimmer. Dort steht ein Bett, in das ich erschöpft sinke und meine Augen schließe. Schlafen, ich will schlafen und vergessen. Es will nicht gelingen.

Mein Herz schlägt mir schon wieder bis zum Hals, viele Fragen schwirren mir durch den Kopf. Was ist passiert in dem Haus? Wo sind die Leichen von dem Mann, der Frau und dem Kind? Wo sind meine Freunde geblieben? Leben sie noch, oder sind sie bereits ... mein Herz rast immer schneller … tot? Wo ist mein Freund Samuel? Wie kann es sein, dass sein Collie Ricky ganz allein herumstreunt, wo die beiden doch immer unzertrennlich sind? Was war das mit dem Embryo im Glas in dem Kellergewölbe? Wer wollte mich ertränken, und warum? Bilde ich mir das alles nur ein? Sind das die Nebenwirkungen von den vielen Drogen, dem Alkohol und den Hallo-Wach-Tabletten? Leide ich wirklich, wie meine Tante behauptet, unter Amnesie? Apropos Tante … Lebt sie noch? Ich kann mich noch an das kurze Stöhnen erinnern. Wurde sie auch gefunden?

Während ich versuche, in meinen Erinnerungen nach der Erklärung zu suchen, öffnet sich leise die Tür zu dem Zimmer, in dem ich bis zu meiner Genesung bleiben kann. Ich liege in einem kuscheligen und warmen Bett, in solch einem Bett habe ich seit dem Tod meiner Eltern nicht mehr gelegen. Auch bei meiner Tante durfte ich nur auf einer Klappliege im Gästezimmer liegen. Nie durfte ich zu ihr ins große Bett kriechen und etwas Wärme erfahren.

„Ich habe eine Thermoskanne mit Tee und eine Hühnerbrühe zum Stärken für dich gekocht. Wir müssen morgen über deinen Gesundheitszustand sprechen, aber nun trink und iss erst einmal und schlafe etwas, damit du wieder zu Kräften kommst.“

Es ist bereits stockfinster draußen. Ich hoffe, dass es mir bald besser geht und ich hier wieder verschwinden kann. Ich bin ziemlich erschöpft und müde, dennoch fällt mir gerade in diesem Augenblick wieder ein, dass mir dieser Gregor schon einmal irgendwo über den Weg gelaufen ist.

Langsam sehe ich alles klar und deutlich vor mir. Dieser Gregor hat vor neun Jahren – nach dem schrecklichen Tod meiner Eltern – meiner Tante Gabriele geholfen, meine persönlichen Sachen aus dem Haus meiner Eltern zu ihr zu fahren. Und er hat mir zu der Zeit mehrmals Spritzen zur Beruhigung gegeben. Irgendwie werde ich das Gefühl nicht los, dass er auch etwas mit diesem Keller zu tun hat. Aber was? Eine Stimme sagt mir: „Denk nach, Sami. Denke nach, Sami. Sei vorsichtig!"

Er ist ein Freund meiner Tante! Ich bin mir sicher, dass sie mit mir auf dem Weg hierher war, wäre da nicht dieser Unfall zustande gekommen. Ich kann ihm nicht vertrauen, auf keinen Fall! Er steckt bestimmt mit ihr unter einer Decke.

Plötzlich schießen mir die Bilder durch den Kopf, wie der Oberkörper der Tante regungslos über dem Lenkrad liegt und ihre Arme am Körper herunterhängen. Womöglich hat meine Tante überlebt und diese Waldarbeiter haben sie in ihrem Auto gefunden. Sicherlich wird morgen früh einer dieser Waldarbeiter kommen und auch sie hierher bringen. Das Krankenhaus ist ja zu weit weg und dieser Gregor ist schließlich Arzt. Ich muss hier verschwinden, ich muss an einen sicheren Ort. Leider bin ich nicht in der körperlichen Verfassung, sonst würde ich sofort dieses Haus verlassen. Ich werde ein paar Stunden schlafen und mich dann aus dem Haus schleichen.

Seit Langem konnte ich mal wieder ordentlich schlafen, dennoch dämmert es in meinem Unterbewusstsein, dass ich nicht zu lange schlafen darf.

Es ist vier Uhr morgens, die Rotkehlchen singen bereits ihr Morgenlied. Die Morgendämmerung zieht herauf, Rotkehlchen trillern ihr erstes Lied. Irgendwo am Horizont taucht der helle Ball der Sonne auf. Im Haus ist noch alles ruhig. Auf dem Stuhl in meinem Zimmer liegen eine neue Jeans und ein rot kariertes Holzfällerhemd. Die Sachen passen scheinbar genau für meine Größe. Ich ziehe mich, so schnell ich kann, an. Ich will hier einfach nur weg! Ohne ein Geräusch zu verursachen, öffne ich die Zimmertür und schleiche mich auf den Gang. Erst muss ich mich orientieren, wo der Ausgang ist. Dem Umstand, dass ich mich in einem alten Forsthaus befinde, welches zu einem Wohnhaus mit Arztpraxis ausgebaut wurde, messe ich nur bedingt Aufmerksamkeit bei.

Ach und da ist ja auch schon die Haustür. Ich beschleunige meinen Schritt und vergesse darauf, leise zu sein. Der Drang nach Freiheit überlagert alles andere. Ohne weiter nachzudenken, ob dieser Gregor mich sieht oder hört, flüchte ich aus dem Haus.

In zügigen Schritten bewege ich mich direkt auf die Waldstraße zu und hoffe, bald auf eine kleine Siedlung oder Gemeinde zu stoßen. Dort gibt es bestimmt einen Bus, sodass ich so schnell wie möglich von hier wegkomme.

Es sind bereits zwei Stunden vergangen und die Anstrengung zehrt an meinen Kräften. Meine Schmerzen werden wieder stärker, jede Bewegung fällt mir schwer. Ich möchte mich kurz ausruhen. Aber wo soll ich hin, ohne dass mich dieser Gregor möglicherweise einholt und findet.

Es fängt an, in Strömen zu gießen und der Wind peitscht mir ins Gesicht.

Inmitten des Waldes entdecke ich ein altes Gebäude direkt an einem See. Ich hoffe, dass ich mich dort kurz unterstellen kann, bis der Regen aufhört. Völlig durchnässt und durchgefroren stehe ich kurze Zeit später vor einem großen alten Backsteingebäude mit kaputten Fensterscheiben. Auf einem brüchigen Schild kann ich das Symbol vom Deutschen Roten Kreuz erkennen und darunter die Aufschrift Heilstätte Grabowsee. Hier kann ich mich bestimmt erst einmal ausruhen und den Regenguss abwarten. Durch eine knarrende Tür trete ich in einen großen Raum mit vielen Betten. Das muss einmal ein Krankenhaus gewesen sein. Die Lauferei und das Wetter haben mir ganz schön zugesetzt. Ich lege mich auf eines der Betten, deren Matratze völlig vermodert und nass ist. „Nur einen kurzen Moment!", sage ich zu mir und schon fallen meine Augen zu.

Im Traum sehe ich meine Mutter, wie sie mich mit der bunten dicken Kuscheldecke zudeckt und mir einen Kuss auf die Stirn gibt.

Ein lautes Grollen reißt mich aus dem Traum. Mir ist sehr kalt und ich bin hungrig. Meine Schmerzen sind auch wieder schlimmer geworden. Die Vernunft sagt mir, dass ich mich eigentlich noch ausruhen soll, doch der Verstand hämmert, dass ich auch so schnell wie möglich weiter muss. Nicht, dass dieser Gregor und meine Tante Gabriele mich bereits suchen und mir auf den Fersen sind. Zu Fuß bin ich schließlich nicht so schnell, wie sie mit dem Auto.

Auf einmal höre ich Stimmen von Kindern, doch durch das Fenster kann ich niemanden sehen. Ich höre ein fieses Lachen: „Reiß dich zusammen, Sami ... Du wirst elendig krepieren wie alle anderen." Und von meiner Tante: „Du bekommst die Behandlung, die du brauchst".

Gabriele wird keine Ruhe geben, bis sie mich gefunden hat. Und dieser Gregor, dieser Arzt, wer weiß, was der mit mir im Schilde führt. Es rauscht in meinen Ohren und ich höre alle Stimmen durcheinander. Liegt das immer noch an den Auswirkungen durch die Suchtmittel? Nein, die habe ich schon längst ausgekotzt. Sind das die ersten Entzugserscheinungen? Oder sind es meine Schmerzen, die mir einmal mehr die Sinne rauben? Vielleicht sind das aber auch die ersten Anzeichen meines Ablebens? Mir wird speiübel und nebelig vor Augen und ich merke, wie ich langsam das Bewusstsein verliere. Eine Stimme sagt mir, „Sami, bleibe wach", doch ich schaffe es einfach nicht.

Ich weiß nicht, wie lange ich geschlafen habe. Als ich meine Augen öffne, ist es bereits schummerig. Ein Knacken und ein Rascheln unterbrechen die Stille. Sicherlich sind das widerliche Mäuse oder Ratten, die schon seit Jahren in dem verfallenen Haus leben. Kalt läuft es mir den Rücken runter. Ich taste mich durch den riesigen Raum, um einen helleren Platz zu finden. Wieder raschelt es.

Plötzlich sehe ich den Lichtstrahl einer Taschenlampe. Wer kann das nur sein? Ich rühre mich nicht mehr von der Stelle, verharre in einer abwartenden Stellung und lausche, ob ich Stimmen oder Schritte hören kann.

11

Stimmen schwirren durcheinander, die ich nicht einordnen kann.

Immer noch befinde ich mich in einer Art Halbschlaf.
Ähnlich wie narkotisiert ... Ich weiß nicht ob ich wache
oder mich in einem bösen Albtraum befinde. Mein Mund
ist ausgetrocknet, müde, schlaff. Die Augen fallen mir
immer wieder zu und grausige Szenen spielen sich hinter den geschlossenen Lidern ab.

Was hat mir Gregor, dieser Arzt, gespritzt? Ich darf
ihm nicht vertrauen. Hat er etwas der Suppe, dem Tee
zugefügt? Ist er einer der Helferlein von Tante Gabriele?
Möchten mich alle unschädlich machen? Suchen, töten
die bewusst Personen, um an deren Nieren, Herzen, andere Organe oder Embryos zu gelangen? Verdient sich
meine Tante ihr Geld mit Organhandel?

Was ist geschehen, was ist mit dem Keller, was ist
mit dem Collie Ricky? Wer will mich ertränken?

Die Schmerzen werden unerträglich und verstärken
den Drang, mich wieder auf die miefige Matratze zu le-
gen. „Bleib wach, Sami. Lass dich nicht fallen", höre ich
meine innere Stimme.

Meine Gedanken kreisen, keine der Lücken schließt
sich und ich kann wieder nur einen bruchstückhaften
Ablauf der Ereignisse nachvollziehen. Die Party, was
geschah? Warum dieser Streit? Der viele Alkohol, die

Drogen, das Blut an den Wänden und an meinen Händen. Wie war das dorthin gekommen?

Das Haus, das wohltuende Bad, die Toten, Tante Gabriele. Warum nur bin ich zu jenem Haus zurück? Was erhoffte ich dort zu finden? Wo waren meine vermeintlichen Freunde der Straße? Wäre ich niemals abgehauen, würde ich dann noch leben? Wieder spüre ich das Zerren an meinen Haaren, das Wasser, das Blut in meinem Mund.

Habe ich Tagträume? Ist das Licht Wirklichkeit? Was geht hier vor? Wer verfolgt mich? Was wollen die alle von mir? Mich umbringen?

Die Burschen von früher, die damals die Katzen gequält und am Baum aufgehängt haben? Sind die hinter mir her? Warum? Was wird für ein Spiel mit mir getrieben?

Bin ich wirklich geisteskrank? Gehöre ich in eine Anstalt? Hat Tante Gabriele recht?

Sind es die Drogen, die mir wieder einen Streich spielen? Hat mir Gregor ohne mein Wissen eine weitere Dosis einer Droge verabreicht?

Ich getraue mich kaum zu atmen, um meine Anwesenheit ja nicht zu verraten. So schnell wie möglich muss ich weg von hier.

Es ist nicht sicher. Meine müden, verschwollenen Augen suchen das Zimmer ab. Finde ich einen geeigneten Unterschlupf? Ein sicheres Versteck? In diesem Zimmer stehen nur alte rostige Betten.

Der Lichtstrahl der Taschenlampe sucht jeden Winkel ab. Die Schritte, die Stimmen, ich versuche, mich zu erinnern. Habe ich diese Stimmen früher schon einmal gehört? Männerschritte? Ist es nur eine Person? Hat mich Tante Gabriele aufgespürt? Es knackt, das Geräusch nähert sich mir. Ist es ein Fremder, der mich gefunden hat? Der mir wirklich helfen möchte?

„Vertraue keinem, Sami, hau ab!" Meine Gedanken treiben mich an.

Dort drüben ist ein Fenster ohne Scheiben. Eine kleine Luke, durch die ich durchpassen müsste. Jeder Schritt, jede Bewegung fällt mir schwer. Mein Kopf brummt und lässt kein klares Denken zu. Ich weiß nur, dass ich mich beeilen muss. Schmerzen, die mich quälen, werden zur Nebensache. Bei jedem Schritt muss ich beachten, wohin ich trete. Jedes Knacken verrät dem Verfolger meinen Aufenthalt.

„Beeil dich, Sami", rede ich mir leise zu.

Obwohl der Schmerz mich zu lähmen scheint, schleppe ich mich zu dem Fenstersims. Immer wieder blicke ich ängstlich zurück.

Die bösen Worte meiner Tante hämmern in meinem Kopf: „Ich mach dich fertig. Eines Tages wirst du erleben, was es heißt zu töten. Du gehörst in eine psychiatrische Klinik. Du warst noch nie normal. Welches achtjährige Kind bringt schon seine eigenen Eltern so brutal um?"

Versuche, diese Gedanken durch ein Kopfschütteln

zu verdrängen, lösen unsägliche Schmerzen in meinem Kopf aus.

Ich muss weg, muss flüchten, darf keinem mehr vertrauen. Wenn ich es nur durch dieses scheibenlose Fenster schaffe. Draußen ist es mittlerweile hell, das vereinfacht eine unentdeckte Flucht mitnichten. Ich weiß um meine Schwäche, kann kaum schnell rennen, doch ich muss den Versuch wagen.

„Also weiter, Sami, reiß dich zusammen."

Wie komme ich zum Fenster hoch, ohne dass mich jemand hört? In der Nähe sehe ich die kleine Kiste, ziehe diese langsam, damit ich kein Geräusch verursache, zu mir. Ich halte die Luft an. Warte, lausche ... wo sind die Stimmen, wo die Schritte, wo der Lichtkegel? Stehen der oder die Verfolger schon direkt hinter mir? Kaum getraue ich mich zu rühren.

Soll ich abhauen? Warten?

Warum kann ich keinen klaren Gedanken mehr fassen? Mit letzter Kraft und unter Schmerzen steige ich auf die Kiste. Erreiche das scheibenlose Fenster und greife mit einer Hand die brüchige Fensterbank. Mühsam ziehe ich mich hinauf. Nun mit der anderen Hand festhalten. Meinen Körper hochziehen. Durch das Leben auf der Straße, die Drogen, den Alkohol, den immerwährenden Hunger ohne Essen, bin ich sehr dünn. Was mir in diesem Moment sehr hilfreich erscheint.

Meine Gedanken drehen sich im Kreis. „Sami, flüchte, renn um dein Leben, hau ab!" Die Stimmchen, die mir gut zureden, verfehlen ihre Wirkung nicht.

Ich schlupfe durch die Fensteröffnung und lasse mich auf die andere Seite fallen, lande sehr unsanft auf dem harten Boden vor dem Haus. Mir wird übel, schwarz vor Augen. Alles dreht sich. Ich spüre, wie meine Hand anschwillt und schmerzt.

Nichts wie weg. Ich muss mich zusammenreißen, flüchten, doch in welche Richtung?

In den Wald? Eine Landstraße suchen?

Näher zum See werde ich nicht laufen. Es könnte sein, dass die oder der Verfolger genau dort warten, um mich zu ertränken …

„Sami, die Schmerzen werden aufhören. Der Teufel, der Tod ist hinter dir her, renne", rede ich mir immerfort zu.

Ist das alles ein nie enden wollender Albtraum im Drogenrausch? Ist es die bittere Realität?

12

Benommen setze ich einen Fuß vor den anderen. Meine Hand pocht schmerzhaft und meine Beine gehorchen nur widerwillig. Ich folge dem Fahrweg, der zum Grabowsee führt. Der Wald beruhigt mich, das Blätterrauschen übertönt das Gewirr in meinem Kopf. Mit jedem Schritt, mit jedem Atemzug werde ich ruhiger und bekomme erstmals etwas Abstand zu all dem, was in den letzten Tagen passiert ist.

Die Sonne blinzelt durch die schwach belaubten Bäume und kitzelt in meinen Augen. Eine Träne bahnt sich ihren Weg über meine Wange. Die ganze Situation lässt mich, trotz all dem Erlebten, so etwas wie Freiheit spüren. So benommen und handlungsunfähig ich bislang all die Geschehnisse habe über mich ergehen lassen, so sehr spüre ich mit dem Tagesanbruch auch den Beginn einer neuen Zeit. Auf dem Schotterweg zu gehen, ist mir nicht möglich, die kleinen Steinchen sind rutschig und ich habe das Gefühl zu stolpern. Der Waldboden gibt mir Sicherheit und Halt.

Obwohl es eigentlich nur wenige Hundert Meter sind, brauche ich für die Strecke unverhältnismäßig lange. Mich überkommt ein unheimliches Glücksgefühl, als ich aus dem Wald trete und den ganzen See überblicken kann. Auf der gegenüberliegenden Seite erkenne ich das Gelände der alten Heilstätte, und ich bin froh, dass mich davon nunmehr das Wasser trennt. Ich lasse mich am

Ufer auf einem alten Baumstumpf nieder und blinzle zu dem Bootsanleger. Da meldet sich plötzlich mein Magen. Er schmerzt nicht, er hat Hunger, denke ich. Das Grummeln lässt mich schmunzeln, ist es doch seit einer gefühlten Ewigkeit die erste positive Reaktion meines Körpers.

Es herrscht eine friedliche Stimmung, die Stück für Stück von mir Besitz ergreift. Meine Gedanken sortieren sich wie von selbst, erstmals sehe ich nicht mehr nur Dämonen und Gespenster. Die Geschehnisse weichen aus meinem Bewusstsein, wie die mich bis ins Mark ausfüllende Kälte mit den wärmenden Sonnenstrahlen weicht. Das innere Zittern lässt nach. Ich reibe meine Hände an der Hose, bis ich wieder Leben in den Fingern spüre. Mich wundert, dass ich kaum mehr das Gefühl verspüre, von irgendwem oder irgendwas verfolgt zu sein.

Es erscheint mir wie das Ende eines langen Albtraums, wenn ich den Enten zusehe, wie sie über das klare Wasser gleiten, in dem sich die Sonne spiegelt. Doch ist es noch ein weiter Weg, die Geschehnisse sind ja nicht einfach weg, als hätte es sie nicht gegeben. Sie hängen nur nicht mehr bedrohlich an mir.

Mein Magen knurrt immer lauter und lenkt meinen Blick wieder auf den Bootsverleih. Da ist eine Hütte, vielleicht habe ich Glück und sie ist nicht verschlossen. Ich erhebe mich, meine Beine sind etwas wackelig, aber sie tragen mich besser als zuvor. Ich winke den Enten zu und folge dem ausgetretenen Pfad am See entlang. Etwa zwei Dutzend Paddelboote und Tretboote plätschern an den Anlegern im Wasser. Die Hütte ist unverschlossen, ich atme tief ein und öffne die Tür. Ein Tisch, ein paar Stühle und eine Anrichte, die wohl auch als Schreibtisch dient. In der hinteren Ecke entdecke ich einen Kühlschrank und ein Regal mit Lebensmitteln. Ob es Diebstahl ist, wenn ich mich hier bediene? Ich glaube mich erinnern zu können, dass man sich etwas nehmen darf, wenn man in Not ist. Und ich bin in Not, stelle ich fest. Im Kühlschrank stehen ein paar Flaschen Limonade und ich entdecke eine Tüte mit Erdnüssen im Schrank. Damit setze ich mich hinaus auf den Anleger. Wenn ich mein Leben wieder im Griff habe, kehre ich zurück und bezahle, nehme ich mir vor. Die Limonade rinnt wie Lebenswasser durch meine Kehle und ich spüre, wie sich mein Magen wegen der unerwarteten Flüssigkeitsmenge verkrampft. Doch ich übergehe das und mit wenigen Schlucken habe ich die Flasche geleert. Die Nüsse waren aber wohl die falsche Wahl, es schmerzt im Mund und auch im Hals. Ich gehe ins Bootshaus zurück und suche mir etwas, das ich besser schlucken kann. Eine Packung Kekse finde ich und nehme noch eine Flasche Limonade und ein Glas mit. Wenn ich die Kekse erst in die Limo tunke, wird mein Hals es wohl tolerieren, denke ich.

Was für ein Tag ist heute? Diese Frage habe ich mir noch gar nicht gestellt. Mir ist, als ob es ein paar Tage her ist, dass ich mit meinen Kumpels in die Villa eingedrungen bin. Aber sicher bin ich mir nicht. Wenn ich nur eine Uhr hätte, oder einen Kalender. Vielleicht ist ja einer in der Hütte. Ich stehe wieder auf, laufe auf dem schwanken-den Anleger zur Hütte. Da hängt das gute Stück, denke ich und stelle mit Entsetzen fest, dass ich fast eine Wo-che im Leben verpasst habe.

Was meine Freunde jetzt machen, kommt mir in den Sinn. Kuckuck, Max, Gun, Zero, Quenni und nicht zu-letzt Samuel. Zu gern würde ich ihn jetzt in die Arme schließen während er mir ins Ohr flüstert: „Kleines, es ist alles gut, Sami."

Was ist mit ihnen und auch der Familie aus dem Haus? Was ist mit meiner Tante und ihrem Geplärr? Bis heute sind die Todesumstände meiner Eltern ungeklärt, und meine Tante hat ihr Übriges getan, mir mein Leben danach zur Hölle zu machen. Jetzt bin ich fast erwach-sen. Bin ich das wirklich? Bin ich nicht vielmehr seit Jahren tot … atme von einem Trip zum nächsten, torkle in der Gegenwart, weil die Bilder der Vergangenheit mich nicht loslassen? Und die ungezählten Alkoholnäch-te mit meinen Kumpels? Soll das alles gewesen sein?

Fragen über Fragen, auf die mir die Antwort zu ge-ben so schwer fällt. Ich leere die Flasche und stecke den letzten Keks ein. Mein Blick geht zu den Enten. Sie wis-sen vom ersten Tag an, wohin sie gehören, was ihr Le-ben ausmacht.

„Ihr habt es gut", rufe ich ihnen zu und zerkrümele den Keks in meinen Händen. Sie kommen, kaum dass ich ein paar Brösel ins Wasser geworfen habe. In wenigen Augenblicken haben sie ihr Geschenk verputzt und suchen ihren Weg auf den Weiten des Wassers.

Und ich? Wo soll ich hin? Was ist mein Weg, mein Leben? Wie komme ich aus dem Teufelskreis heraus, in den ich mich habe treiben lassen?

In diesem Moment höre ich eine dunkle Männerstimme hinter mir. „He, Mädchen, was machst du hier? Warst du das, die sich hier bedient hat?"

Ich drehe mich zu ihm und antworte: „Ja, Entschuldigung. Aber ich hatte Hunger und Durst. Ich habe seit Tagen nichts gegessen."

„Das ist ja die Höhe! Komm her, oder soll ich dich holen?"

Der Typ ist sauer, stelle ich fest. Scheiße! Und jetzt? Du stehst jetzt auf und gehst zu ihm, rufe ich mich zur Ordnung. Ich erhebe mich, greife die Limoflasche und die Kekstüte.

„Ich habe nicht stehlen wollen." Ich gebe ihm die leere Flasche und die Tüte. „Ich werde alles bezahlen."

„Na, ich will mal nicht so sein." Ich folge seinem Blick an mir herab. Die Jeans und das Hemd waren nach dem Regen auf meiner Haut getrocknet und wirkten – nicht zuletzt durch meine Kletterpartie durch das Fenster – schmutzig und ungepflegt. Ich mag mir nicht ausmalen, wie mein Gesicht aussieht.

„Na, komm. Ich mach dir einen Tee und dann erzählst du mir, was los ist." Seine Augen blicken freundlich, sein rundes Gesicht flößt mir Vertrauen ein.

Mir fällt nichts Besseres ein, als ihn unbeholfen anzulächeln. Dann folge ich ihm in die Hütte.

„Setz dich. Ich bin Hermann, der Bootsmann. Und wie heißt du?"

Er ging an den Küchenschrank, kramte einen Teebeutel heraus und schaltete den Wasserkocher ein.

Ich setzte mich an den Tisch und stützte den Kopf auf die Hände. Irgendwas in mir sagt, dass ich ihm vertrauen konnte – und auch musste, wenn sich an meiner beschissenen Lage irgendetwas ändern sollte.

„Ich heiße Samantha, aber Freunde nennen mich Sami."

Vielleicht ist die Welt doch nicht so schlecht.

13

Hermann schiebt mich in einen Raum mit einer Waschkommode. In einer Schale steht ein Krug mit Wasser vor einem großen Spiegel. „Es ist nicht der neuste Schrei", sagte er entschuldigend, „so haben sich die Leute vor hundert Jahren gewaschen."

Ich blicke auf und weiche erschrocken einen Schritt zurück: Das da im Spiegel soll ich sein?

Fragend sehe ich den Bootsmann an, nein, ich habe mich nicht getäuscht: Offensichtlich kann ich ihm vertrauen.

Hermann gießt das Wasser aus dem Krug in die Schale, reicht mir einen Waschlappen und hält ein sauberes Handtuch in der Hand. Geduldig wartet er, bis ich mein Gesicht gesäubert habe.

Das Wasser auf der Haut tut gut und schärft meine Wahrnehmung. Mir wird schwindelig, und als ich eine Sekunde lang strauchele, fängt Hermann mich auf. Geistesgegenwärtig hat er seine Unterarme unter meine Achseln geschoben und mich so vor dem Zusammensacken bewahrt.

„Es geht wieder, danke."

Er lächelt.

Minuten später sitzen wir am Tisch neben dem Kühlschrank. Ich bin mir fast sicher, dass ich mich bei Hermann ausquatschen kann. Er ist ein freundlicher Fremder und schon deshalb als therapeutischer Helfer gut geeignet. Bald werden wir wieder unsere eigenen Wege gehen, denn eigentlich haben wir weiter nichts miteinander zu schaffen.

Also erzähle ich ihm vom Tod meiner Eltern, von meiner Tante Gabriele von Samuel und den anderen. Sein wettergegerbtes Gesicht wird ernst, während er zuhört. Hermann wiegt den Kopf hin und her, und dass ich hier sitze und reden kann, tut mir gut.

Plötzlich hören wir draußen ein Geräusch.

Ich schaue in Richtung Tür, Hermann steht auf. Dann bellt ein Hund, zwei-, nein dreimal.

Das ist doch... Ich bin auf einmal hellwach und mein Puls rast.

„RICKY!"

Dieses Bellen erkenne ich sogar im Schlaf. Hermann folgt mir zur Tür. Einen Moment lang zweifele ich an mir, drehe mich zu ihm um und vergewissere mich: „Da ... hat ... doch ein Hund gebellt oder? Wollte nur sichergehen ...„ Und ich versuche ein Lächeln.

Der Bootsmann nickt nur kurz.

Also öffne ich erwartungsvoll die Tür. Und erstarre.

Es ist Ricky. Wo immer Ricky war, war Samuel nicht weit · das ist nun offensichtlich anders. Denn die Leine von Ricky führt zu dem Arm von Tante Gabriele.

„Mädel, du machst ja Sachen!", grinst sie und schickt sich an, einzutreten.

So kräftig hatte ich noch nie eine Tür ins Schloss geworfen.

Die Tür knallt zu, und Hermann sieht mich fragend an. Er könnte mein Vater sein, denke ich gerade. Dieser knurrige, aber gutmütige Alte ist mir tatsächlich sympathisch. „Tante Gabriele. Wie ich befürchtet hatte." Diese Erklärung genügt ihm sicher nicht. Egal.

Meine Gedanken fahren Achterbahn. Wieder mal. Wie kommt DIE zu Samuels Liebling? Ein furchtbarer Plan reift plötzlich in mir. Ich bin relativ klar bei Sinnen, und dennoch denke ich immer wieder: Tante Gabriele *und* Ricky, das geht nicht. Die Tante muss weg!

„Hör mal - deine Selbstbedienung musst du aber abarbeiten." Ach, der Bootsmann holt mich wieder aus meinen Gedanken. Wie er ausgerechnet jetzt darauf kommt, wo doch die Tante vor der Tür steht, frage ich ihn.

Die Tante hämmert an die Tür, Ricky bellt. Hoffentlich bellt er die Alte an, denke ich.

„Weil ich nicht weiß, was nun passiert", sagt Hermann, der Mann, der mit mir seine Hütte teilt, als wäre das das Natürlichste von der Welt. Ich bin immerhin eine Fremde. Als ich ihm das sage, lacht er. Hermann lacht! Ich vergesse meine Übelkeit und lächle auch. Mein Lebenswandel hat Spuren hinterlassen.

„Ach Mädchen, du bist schon richtig. Hast ja einiges durchgemacht. Du kannst alles schaffen. Doch, doch, du bist so ein Typ."

Noch immer ist mir etwas übel. Aber ich weiß, ich muss eine Entscheidung treffen: Soll ich nun mit Ricky und der Tante gehen, oder hier bleiben? „Denk nach, Sami."

Ich zermartere mir das Gehirn. Warum soll ich mit einer Person gehen, die ich lieber tot sehen will? Aber andererseits: Ricky führt mich vielleicht zu Sam. Wenn die Tante erstmal vom Präsens in das Präteritum übergewechselt ist. Von der Gegenwart in die Vergangenheit. Plötzlich fallen mir Fremdwörter ein ... Ich staune einen Moment lang still über mich selbst.

„Samantha!", ruft Tante Gabriele von draußen. Es klingt hysterisch. Der Collie von Sam schweigt. Der Bootsmann, dem ich Essen weggefuttert und Limo weggesoffen habe, schaut mich fragend an. Ihm schulde ich etwas. Aber er muss mir helfen, das schreckliche Frauenzimmer loszuwerden. Ob er das für mich tun wird, nur das noch?

„Ohne die Tante wird der Hund mich vielleicht zu Samuel führen", erkläre ich ihm. Wieder wiegt er den Kopf. Nein, Hermann glaubt das scheinbar nicht. Enttäuscht weiche ich einen Schritt zurück. Er fällt mir in den Rücken, sagt, ein Mädchen wie ich gehöre zu jemandem anders, oder zu einer Familie.

Ich soll Tante Gabriele begleiten! Tränen steigen mir in die Augen. Seit wann bin ich so weinerlich? Es ist nicht Abschiedsschmerz. Hermann will anscheinend das Beste für mich, aber er schickt mich zu dieser Furie. Tränen laufen mir über die Wangen.

Die Tante hämmert weiter an die Tür.

Werde ich nun tatsächlich im Heim enden · oder in der Klapse?

Noch einmal höre ich den Hund bellen.

„Ich weiß, wie man sich benimmt", sagt der Boots·mann und öffnet nun die Tür. Ich sinke auf einen Stuhl und begrabe alle Hoffnung.

Tante Gabriele und der Hund kommen herein, sie sieht sich um und lächelt den Mann an.

Ich liebkose den Collie und frage ihn nach Samuel, als könne er mich verstehen.

14

Tiere sind in der Regel sehr intelligente Wesen, dazu gehören auch Hunde. Ricky beispielsweise sollte man nicht unterschätzen, denn er ist ein ganz Schlauer.

Gerade schaut er mich aus seinen glasklaren Augen an, als beabsichtige er mir eine Antwort auf meine Frage geben zu wollen. Noch immer auf dem Stuhl sitzend, mustere ich meine Tante, die nun mitten im Raum steht, und sie mit dem alten, aber doch umgänglichen Hermann spricht. Mir wird klar, dass die beiden sich wohl gut genug kennen mussten, um sich gegenseitig beim Vornamen zu nennen. Dass Tante Gabriele und er ein Paar sind, kann ich mir beim besten Willen nicht vorstellen. Einen Menschen wie diese verbitterte alte Frau zu lieben, wäre völlig absurd. Sie kennt solche Empfindungen doch gar nicht. Schlimm genug wie sie mit den Menschen in ihrem Umfeld umgeht. Nein, da muss etwas anderes dahinterstecken. Warum habe ich ihm auch vertraut? Von einem Moment auf den anderen wird mir schlecht. Wieder spüre ich, dass ich auf mich allein gestellt bin.

Wie kann es auch anders sein. Ich bin alleine. In diesem Augenblick wünsche ich mir nur eines, dass dieser Albtraum endlich vorbei sei. Doch das geht nur, wenn mir etwas einfällt, wie ich möglichst unauffällig von hier wegkomme. Erneut muss ich fliehen.

Unbemerkt ist dies nicht ohne weiteres möglich, das

wird mir immer klarer. Wenigstens hoffe ich, dass sich mir eine Möglichkeit bietet, mich mithilfe eines Tricks von den beiden zu entfernen, bis mir etwas Besseres eingefallen ist.

Im nächsten Augenblick wird mir diese Hoffnung aber gleich wieder genommen, als meine Tante Hermann auffordert: „Fessle sie und dann lass uns gehen."

Die beiden wollen mich tatsächlich hier allein zurücklassen? Das können sie doch nicht machen. Meine Panik kann ich schwer verbergen. Und daher springe ich wie aus einem Reflex heraus viel zu schnell auf. Der Stuhl kippt nach hinten weg und ich nutze die Gelegenheit und laufe davon.

„Bleib stehen!", rufen sie mir gleichzeitig nach.

Meiner Tante, die mich versucht hat am Kragen zu packen, gelingt es nicht.

So schaffe ich es zu entkommen, glaube ich zumindest für den ersten Moment. Denn obgleich ich es ins Freie geschafft habe, werde ich letztendlich doch noch von einer kräftigen Hand am Arm festgehalten.

„Du gehst nirgendwohin, wenn wir es dir nicht ausdrücklich sagen." Hermann lässt mich nicht los und zerrt mich mit aller Kraft zurück.

Ich beiße ihm in die Hand, die meinen Arm straff umklammert.

Er schreit vor Schmerz wütend auf und lässt mich vor Schreck los. Ich renne so schnell ich kann.

„Dieses Biest!", höre ich ihn von weitem fluchen.

Doch ich renne einfach weiter.

Plötzlich ertönt ein Schuss hinter mir. Ein weiterer Schuss wird abgefeuert. Jemand schießt blind in der Gegend rum. Blind? Möglicherweise bin ich das Ziel.

Wie in Trance drehe ich mich um.

Dort steht Tante Gabriele mit einer Schusswaffe in der Hand und Hermann steht neben ihr.

Ricky ist nicht zu sehen. Ich bin wie gelähmt, finde keine Worte.

„Der nächste Schuss wird dich treffen, wenn du weitergehst", droht sie mir und lädt demonstrativ nach. „Komm zurück, sofort. Und setz dich wieder auf deinen Stuhl!"

Dieser Frau ist alles zuzutrauen. Somit gehorche ich widerwillig und kehre um.

Völlig unvorbereitet trifft mich ein harter Schlag auf den Hinterkopf. Ich verliere mein Bewusstsein und falle auf den Weg, der zum Bootshaus führt, und in dem ich mich vor einiger Zeit noch in Sicherheit glaubte.

Irgendwann wache ich auf. Es ist beunruhigend still. Ich bemühe mich die Augen zu öffnen, um etwas zu erkennen. Zuerst sehe ich die verschmierten, roten Flecken an der Wand, die wie eine Spur nach unten führen. Dort sehe ich anschließend den leblosen Körper von Hermann, der in seiner eigenen Blutlache liegt. Ein furchtbarer Anblick, wie er mit halboffenen Augen in den fast leeren Raum starrt. Mir wird erneut bewusst, wie unberechenbar Gabriele ist. Ich denke an meine Freunde und ein schrecklicher Verdacht überkommt mich. Hat sie diese etwa auch ohne zu zögern umgebracht? Das Aufstehen fällt mir, aufgrund meiner starken Kopfschmerzen, ebenso schwer, wie kurz zuvor das Öffnen meiner Augen. Erst jetzt stelle ich fest, dass an meinen beiden Händen Blut klebt. Ich bin allein. Nur diesmal wirkt es beruhigender auf mich. Die Tür ist nur angelehnt und die Fenster sind nach wie vor verschlossen.

Ich rufe nach Ricky und obwohl ich nicht daran glaube, kommt er, mit der linken Vorderpfote hinkend, in den Raum. „Armer Junge, was hat sie mit dir gemacht?" Ich streichle sein Fell und er lässt es sich leise winselnd gefallen. Dann bemerke ich seine Wunde auf dem Rücken, die noch ziemlich frisch ist. Umsichtig greife ich nach einem leeren Kaffeebecher, der auf dem Tisch steht. Von draußen hole ich Wasser und eile so schnell es mir möglich ist zurück. Der Collie wartet geduldig auf mich. In einem Schrank liegen ein Waschlappen und ein altes Tuch, beides nehme ich an mich. Damit säubere ich seine Wunden. Er heult leicht auf, hält aber still, weil ich ihm gut zurede und ihn mit der anderen Hand festhalte. Nachdem ich seine Wunden versorgt habe und mich vergewissere, dass es ihm besser geht, sind wir bereit von diesem Ort zu verschwinden.

Niemand ist da, der uns aufhält. Die Tür ist unverschlossen und wir können einfach so hinausgehen. Das

Sonnenlicht brennt in meinen Augen. Nach einiger Zeit haben sich meine Augen endlich an das grelle Licht gewöhnt und unsere Schritte werden schneller.

Unerwartet bleibt Ricky plötzlich stehen. Er scheint einen Geruch aufgenommen zu haben, von dem Gefahr ausgehen könnte. Dann beginnt er leise zu knurren und hört auch nicht damit auf, als ich versuche, ihn zu beruhigen. Durch die Fichten, die in weiter Entfernung stehen, sehe ich jemanden langsam auf uns zukommen. Wer es auch immer ist, diesmal schwöre ich, werde ich vorsichtiger sein. So schnell werde ich niemandem mehr mein Vertrauen schenken. Dann erkenne ich die auf uns zukommende Person und kann es kaum glauben.

15

Rickys Knurren wird tiefer und sein Kamm stellt sich auf. Ich strecke meine Hand nach ihm aus, doch er lässt sich nicht beruhigen. Wir müssen hier weg, schießt es durch meinen Kopf. „Wir müssen rennen, schnell, Ricky", rufe ich ihm zu. Ich versuche ihn mitzuschleifen, doch er verharrt und knurrt aus tiefster Kehle.

„Hast du gedacht, du kannst dich davonstehlen, du kleines Biest?"

Dann steht Tante Gabriele plötzlich vor mir und blickt mich höhnisch an. In ihren Händen das Gewehr dessen Lauf auf mich gerichtet ist.

„Vorwärts, ich hab uns ein Auto besorgt", schnauzt sie mich an.

Sie fuchtelt mit der Waffe und ich setze mich gehorsam in Bewegung. Ricky knurrt noch immer, entschließt sich dann aber mitzulaufen. Ich überlege fieberhaft, wie ich der Tante entkommen kann.

Aber die Waffe in meinem Rücken macht meine Überlegungen zunichte. Gabriele würde mich erschießen, das weiß ich.

Überlege Sami, überlege...

Der Weg macht eine Biegung und endet an einer asphaltierten Straße. Am Straßenrand steht ein Auto.

„Vorwärts, schneller!", treibt Gabriele uns an. Sie schubst mich und ich stolpere vorwärts. Sie entriegelt das Auto mit einem Knopfdruck auf ihrem Schlüssel.

„Vorwärts, einsteigen."

Ich öffne die hintere Wagentür und lasse den Hund auf den Rücksitz springen. Ich will zu ihm, da reißt Gabriele mich weg und stößt mich zur Beifahrertür.

„Hierhin!"

Ich folge ihrem Befehl widerspruchslos. Der auf meinen Kopf gerichtete Lauf des Gewehrs spricht eine deutliche Sprache.

Mit einer raschen Bewegung schließt Gabriele mich ein. Sie geht um das Auto und prüft zur Sicherheit alle Türen, ehe sie selbst einsteigt.

„Hinten in der Tasche ist eine Flasche Wasser, falls du Durst hast", sagt sie mit freundlicher Stimme und fährt los.

Erstaunt über die plötzliche Gesinnungsänderung blicke ich sie an. Meine Kehle ist völlig ausgetrocknet. Ich drehe mich um und greife nach der Tasche hinten auf dem Rücksitz. Mit einem Ruck ziehe ich sie nach vorne und wühle darin. Der Drang nach Wasser wird immer größer. Unüberlegt öffne ich die Wasserflasche und schütte den Inhalt regelrecht in mich hinein. Erst als die Flüssigkeit aus meinem Mund über meinen Körper rinnt, merke ich den bitteren Geschmack. Ist das überhaupt Wasser? Der Geschmack scheint eigenartig.

Gabriele wirft mir einen Seitenblick zu und wispert scheinheilig: „Wir sind bald da. Dort wird dir geholfen, du wirst schon sehen."

Wieso ist sie auf einmal so freundlich? Bilde ich mir das nur ein? Wohin fahren wir überhaupt? Wo bringt sie mich hin? Zu Gregor? In eine Nervenheilanstalt? Ins Gefängnis?

Ich bin verwirrt und plötzliche Müdigkeit überkommt mich. Ich kann kaum noch die Augen offen halten. Die Lider werden immer schwerer. Ich stöhne und versuchte mich dagegen zu wehren.

Irgendetwas ist mit diesem Wasser nicht in Ordnung …

Ich blinzle, es ist so hell. Mein Kopf dröhnt. Meine Hände zittern, erst unmerklich, dann immer stärker. Dazu brummende Kopfschmerzen. Das Zittern erfasst meinen ganzen Körper. Mir ist kalt, ein Gefühl, als ob meine Knochen einfrieren. Es fühlt sich an wie ein Entzug.

„Sam, du brauchst Stoff", flüstert mir die kleine fiese Stimme in meinem Kopf zu. Ja, ich kenne das, sehr gut sogar. Ich weiß auch, dass es nun nur schlimmer wird, nicht besser. „Sam, du musst dir Stoff besorgen", erinnert mich die Stimme wieder.

Bildfetzen tauchen vor meinem inneren Auge auf. Da war die Puppe. Nein, es waren ihre Beine und weiter vorn, ja, da liegen ihre Arme. Ich gehe einen Schritt auf die Arme zu und da war der Rumpf. Daneben der abgerissene Kopf. Die Haare sind abgeschnitten. Neben dem

Rumpf, da sind aufgemalte Engelsflügel. *Es ist so lange her …*

Mein Zittern wird zum Schüttelfrost und die Bilder sind weg. Ich krümme mich hin und her. Ich brauche Stoff und ich brauche ihn schnell. Mit wildem Blick sehe ich mich um. „Wenn meine Freunde nur da wären", denke ich.

Gemeinsam würden wir auf Tour gehen, gemeinsam sind wir stark und schnell. Wir betteln und stehlen, das können wir gut, wir sind eben ein eingespieltes Team.

Hinter meiner Stirn tauchen die nächsten Fragen auf: „Wo sind meine Freunde? Warum sind sie nicht bei mir? Warum haben sie mich allein gelassen?" Es gibt keine Antwort darauf.

Wieder ziehen Bilderfetzen vorbei, auf einem davon sehe ich das Glas mit dem Embryo. *Er war so winzig, wer machte sowas?*

Durch die innere Kälte werde ich so sehr von einem Schüttelfrost befallen. Meine Zähne schlagen aufeinander, ich frier so sehr. Keinen klaren Gedanken bringe ich zusammen, aber das war ja immer schon so.

„Du bist eine kleine Psychopathin!" Es ist die Stimme der Tante.

Realität oder Fiktion? Ich versuche mir die Ohren zuzuhalten, doch meine zitternden Hände gehorchen mir nicht. Ein heftiger Schmerz am Hinterkopf lässt mich aufschreien. Jemand reißt an meinen Haaren, zieht meinen Kopf nach hinten. Ein Flaschenhals wird in meinen Mund geschoben. Meine bebenden Lippen leisten keinen Widerstand. Jemand flößt mir eine Flüssigkeit ein. Wieder merke ich diesen bitteren Geschmack, als die Flüssigkeit durch meine Kehle rinnt. Meine Sinne erwachen teilweise: Ich will das nicht schlucken! Doch all mein Sträuben hilft nicht. Einen Teil schlucke ich, um nicht zu ersticken, und der Rest des bitteren Gesöffs rinnt an meinem Kinn hinunter.

Ich blinzle, das helle Licht blendet mich. Wo bin ich? Weiße Wände, ich liege in einem Bett und bin bewegungsunfähig. Ich versuche mich aufzusetzen, aber es geht nicht - etwas hält mich fest. Lediglich meinen Kopf kann ich bewegen, nach oben drücken um herauszufinden, warum ich mich nicht erheben kann: meine Hände sind mit Lederriemen ans Bett gefesselt.

Ich höre Stimmen, aber ich sehe niemanden. Trotz aller Anstrengung kann ich die Worte nicht verstehen. Zu leise sind die Sprachfetzen, die zu mir durchdringen.

Die Türe öffnet sich und eine Krankenschwester tritt ein. Sie hält etwas in der Hand. Es ist eine Spritze. Ich versuche zu protestieren, doch es kommt nur ein Gebrabbel aus meinem Mund. Wieso kann ich nicht mehr deutlich artikulieren? Ich versuche es wieder ... doch da spüre ich bereits den Einstich in meinem Arm. Zu spät!

Tiefer Schlaf hüllt mich ein und ich beginne zu träumen: Ich bin wieder klein, ich bin ein Kind. Ein behütetes, geliebtes Kind. Das Kind meiner Eltern, die mich anlachen. Ich laufe auf sie zu, sie fangen mich auf und drehen sich im Kreis mit mir, einer nach dem anderen. Es ist so schön, ihr Lachen zu hören. Voller Freude lache ich mit ...

Mühsam öffne ich die Augen, meine Lider sind bleischwer. Ich liege immer noch in diesem Bett. Wo sind meine Eltern? Sie waren doch eben noch da. Es war so schön! Ich will nicht, dass sie weg sind.

Es war ein Traum, sagt mir eine kleine Stimme in meinem Gehirn. Egal, ich will nicht, dass es aufhört ...

„Na, du kleine Psychopathin", klingt eine Stimme neben meinem Bett. Sie gehört Tante Gabriele. „Ich habe dir jemanden mitgebracht."

Es fällt mir unsäglich schwer, meine Augen zu öffnen. Aber ich will Gabriele ins Gesicht sehen. Mit Mühe drehe ich den Kopf in die Richtung, aus der ihre Stimme erklingt Da steht sie und schaut mich höhnisch lächelnd an, ihr Gesicht gleicht einer bösartigen Fratze.

„Ich habe dir jemanden mitgebracht", wiederholt sie.

Da ist niemand. Plötzlich tritt hinter Tante Gabriele eine Gestalt hervor. Ich schreie laut auf, als ich erkenne, wer es ist ...

16

Nein, das ist nicht wahr. Das kann nicht sein! Mein be-
nebeltes Gehirn weigert sich zu glauben, was, wen es
sieht. Noch immer wollen meine Gedanken zurück zu
der schönen Erinnerung. Meine Augenlider klappen
herunter und versagen den Augen die Fähigkeit, die Au-
ßenwelt optisch wahrzunehmen.

„Du schaust dir jetzt an, wen ich mitgebracht habe!
Schließlich habe ich das nur für dich getan", höhnisch
klingen Gabrieles Worte.

Mühsam öffnen sich meine Augen erneut. Das Blei
scheint etwas weniger schwer.

„Hallo, Baby-Girl!"

Meine Ohren bringen das Gesehene mit dem Gehör-
ten in Einklang. Ein eiskalter Schauer läuft über meinen
Rücken. Das Glas mit dem Embryo in dem blauen Licht
taucht mit einem Schlag als Bild unbarmherzig auf. Dieser Mann, was will er hier? Ich spüre seine warmen,
weichen Finger über meine Wange streichen. Mein Blick
klärt sich und ich blicke in seine braunen Augen, die
Hoffnung versprechen. Der Versuch, Worte über meine
Lippen zu bringen, scheitert kläglich. Es ist, als ob alle
Muskeln ebenso fixiert sind wie meine Gliedmaßen in
den Schlaufen. Seine Hände gleiten weiter über meinen
Körper und ich kann mich nicht wehren. Tante Gabriele,
das Scheusal, das Ungeheuer meines bisher so verkorks-
ten Lebens, lacht. Ihre Art zu lachen ist schmutzig und

ich höre alle bösartigen Hintergedanken heraus.

„Da staunst du, nicht wahr? Du hättest nie gedacht, ihn jemals wieder zu sehen." Abfällig speit Gabriele mir diese Worte ins rechte Ohr. „Und weißt du was, du Täubchen? Er wird zu Ende bringen, was du brauchst. Er wird dich therapieren, damit du in meine Welt passt. Du hast es verdient, dass der Doktor seine Forschung an dir weiterführen kann. Du bist ein Nichts. Niemand wird dich vermissen."

Wie zur Bestätigung von Gabrieles höllischem Lachen, das meine Ohren zerreißt, sehe ich die sanften braunen Augen in einer diabolischen Miene. Was haben die Beiden mit mir vor? Werde ich meine Freunde je wieder sehen? Ich versinke in kleinen Flashs aus Erinnerungen.

Weitere Schritte nähern sich. Verkapselt in meine kleine Welt nehme ich einen erneuten Stich in meinen Arm wahr. Die kühle Flüssigkeit fließt durch meine Venen und beschert mir die Gnade des Ignorierens.

Jemand kitzelt mich an der Nase. Ich niese lautstark.

„Hallo, Sami", sagt eine weitere mir sehr bekannte Stimme. Eine warme, weichherzige Stimme, von der ich glaubte, nie wieder etwas hören zu dürfen.

Als meine Augen die Gewissheit bestätigen, schlinge ich meine Arme ganz fest um Samuel. Sie sind nicht mehr fixiert, stelle ich Sekunden später fest. So lange benötigt mein Gehirn, diese Änderung zu erfassen. Auch

bin ich nicht mehr in diesem schrecklichen Krankenzimmer, wo doch gerade eben noch Tante Gabriele und
Dr. Frankenstein, wie ich ihn immer in Ermangelung
der Lücke in meiner Erinnerung nenne, waren.

Ich sehe den Vorplatz zum Berliner Dom, den Brun-
nen, in dem Kinder mit ihren nackten Füßen herumtol-
len. Wir sitzen auf der Wiese. Auf der anderen Straßen-
seite ist die große Baustelle für den Neubau des Berliner
Schlosses. Dazwischen brummt der Verkehr. Wo ist Ricky? Samuel ist selten ohne ihn unterwegs. Ich vergesse
diese Information meines Unterbewusstseins sofort.

Samuel drückt mir auch schon einen liebevollen Kuss
auf die Lippen. Wir verschmelzen unsere Münder und
genießen die Zweisamkeit inmitten der Touristen, die
um uns herum sitzen. Diese Augenblicke des Alleinseins
miteinander sind einfach zu kostbar, um sie durch andere Menschen zerstören zu lassen. „Ich habe neuen Stoff.
Sollen wir beide den jetzt ausprobieren? Ganz alleine?
Ist vom Engelchen, du weißt schon, absolut vertrauens-
würdig und sauber.“

Mein Körper zittert leicht und erinnert mich daran,
dass er ihn auf jeden Fall benötigt. Mir doch egal, wenn
die anderen nichts bekommen. Können sich den schließlich auch selbst besorgen.

Samuel gehört mir. Schnell verschwinden wir in
Richtung Museumsinsel. Überall Leute, hauptsächlich
Touristen, die sich um uns einen Dreck scheren. Zum
Glück. Und überall diese Baustellen. Da gibt es ein paar

gute Verstecke. Schnell verschwinden wir hinter einer Plastikplane. Samuel reicht mir die kleine Tüte. Mein mit Speichel benetzter Zeigefinger nimmt das Pulver an. Samuel macht es mir nach. Auf drei schlecken wir den bunt schillernden Puder ab. Es wirkt sehr schnell. Die Geräusche um uns herum werden lauter. Die Menschen sprechen nicht mehr, sie singen. Die Plastikplane verwandelt sich von ihrem eintönigen Grau in einen bunt glitzernden Regenbogen. Ich fasse Samuel an den Händen, wir verschmelzen zu einer Person und beginnen zu fliegen. Wir fliegen über Berlin, hinaus in die Welt. Ein Gefühl, das mir Kraft verleiht, mich stark macht.

„Achtung, Sami. Da vorne kommt ein Vogel."

Als ich ihn entdecke, ist es zu spät. Wir stürzen ab. Unendliche Schmerzen durchziehen meinen Körper.

Blut, ich sehe Blut. Blut um den Mann, die Frau, das Kind. Blut an den Wänden, Handabdrücke. Hermann in seinem Blut. Katzen, gehäutet, mit blutigem Fell. Meine Eltern. Und um alle herum Engelsflügel. Nur der Embryo im Glas scheint blutleer.

Mein Kopf explodiert. Ich schreie ...

Unendlich lange dauert mein Schrei an, scheinbar lautlos, denn niemand reagiert.

Neben meinem Bett, oder worauf ich auch immer liege, stehen Personen. Klar und deutlich zu erkennen. Warum hören sie mich nicht? Ist zwischen uns eine Grenze des Schalls?

Sie beratschlagen sich.

Ich kann ihre Stimmen vernehmen, verstehe aber ihre Worte nicht. Also ist da keine Grenze, keine Mauer. Kurze klare Fragmente beherrschen das Bild. Das ist nicht das Krankenzimmer. In diesem Raum sind eigenartige Apparaturen zu erkennen. Vorsichtig bewege ich …, nein, der Versuch scheitert. Mein rechter Arm weigert sich. Weigert er sich, oder ist er angebunden? Ich bemühe mich, meinen Kopf zu erheben, vergebens. Auch er scheint festgeklebt an der Fläche unter mir. Nur meine Augen können auf Entdeckungsreise gehen. Meine Ohren lauschen, ob sie etwas aus dem Gemurmel der Personen entnehmen können, die noch immer mit dem Rücken zu mir stehen. Gabriele ist nicht dabei. Ihre Statur ist unverkennbar.

Erst jetzt fällt mir auf, dass der Raum in blaues Licht getaucht ist. Trotz meines eingeschränkten Sichtfeldes erblicke ich diese Regale mit den Gläsern.

Panik breitet sich aus. Mein Herz beginnt zu rasen, mein Atem geht schneller.

„Ah, Baby-Girl ist wach. Na, dann wollen wir mal", spricht das Wesen mit dem braunen, diabolisch-sanften Augenpaar zu mir.

17

Sein Blick verschmilzt mit dem meinen. Es scheint, als ginge seine Aura in mich über. Ich atme seine Luft, rieche den Schweiß, der seine Kleidung tränkt. Ein Würgereiz steigt in meinem Hals hoch, nach Galle schmeckende Flüssigkeit drängt in meine Mundhöhle und … ergießt sich in einem Schwall nach draußen. Dieser Erguss muss meinen Widersacher genau ins Gesicht getroffen haben. So nah, wie es vor dem meinen war.

„Sie kommt zu sich", höre ich wie durch Watte. Warum ist das interessant, dass ich erwache? Will man mir die nächste Dosis spritzen? Weshalb setzt man mich ständig unter Drogen?

Ein kurzer Schmerz. Die Nadelspitze fährt durch meine Haut. Die Flüssigkeit, die in meine Venen schießt, brennt wie Feuer. Der Würgereiz verebbt. Seltsame Ruhe breitet sich in mir aus.

Bin ich tot?

„Er hat sie gerade noch rechtzeitig zu uns gebracht." Der Satz wird von einem erleichtert klingendem Seufzen begleitet. „Ein paar Minuten später, und wir hätten nichts mehr für das arme Mädchen tun können."

Während die vorangegangenen Sätze von einer Frau gesprochen werden, ist nun die Stimme eines Mannes zu hören. Eine tiefe Stimme, die Ruhe ausstrahlt. Ich merke das, obwohl meine Augen noch immer geschlossen sind.

„Die Infusion ist gesetzt. Es wird ein langer Prozess, bis sie wieder völlig gesund wird. Aber sie ist jung. Sie kann es schaffen."

Die Anwesenden vermitteln Sicherheit, nicht Angst. Meine Augenlider flattern, ich will sehen, wer sie sind.

Eine kühle Hand legt sich auf meine Stirn. Es ist angenehm. Bewirkt Frieden.

Ist das ein Engel? Ein Engel? Ich horche in mich hinein, suche in meinem Unterbewusstsein etwas, das ich mit dem Himmelswesen in Verbindung bringen kann. Flügel. Da waren doch Flügel, die mir Rätsel aufgaben. Das wohlige Gefühl von Wärme breitet sich weiter in meinem Körper aus. Ich habe keine Schmerzen.

„Sie wird die Nacht durchschlafen", meint der Mann. „Die Schmerzmittel sind stark. Beobachten Sie dennoch die Monitore und melden Sie mir jegliche Veränderung."

Es wird still um mich. Das schwache Licht der Notlampe dringt nicht hinter meine Lider. Ich gleite in einen traumlosen Schlaf.

Das erste Geräusch, das ich wahrnehme, klingt wie das Aneinanderschlagen von Essbesteck. Wie komme ich darauf? Es gelingt mir, die Augen zu öffnen. Erst nur einen Spalt. Ich habe Angst, dass wieder das grelle Licht da ist, das mich blendet. Doch es ist nur sanfte Helligkeit, die meine Pupillen berührt.

Sehr langsam beginne ich, meine Umgebung wahrzunehmen. Links von mir steht eine Frau. Ich denke jedenfalls, dass es eine Frau ist, die sich hinter dem weißen Laborkittel verbirgt. Eine feine Kanüle führt von einem Gerät über mir in meinen Handrücken. Ich kann meine Hände frei bewegen. Keine Gurte, keine Fesseln. Ich horche in mich hinein: warum denke ich, dass man mich meiner Bewegungsfreiheit berauben will?

Die Person mit dem farblosen Mantel wendet sich um. Ein freundliches, rundliches Gesicht und aufmerksame Augen, die mich anlächeln.

„Oh, guten Morgen", sagt die Frau. „Ich hoffe, Sie haben gut geschlafen. Möchten Sie vielleicht ein etwas essen? Schonkost darf ich Ihnen anbieten, hat der Oberarzt gemeint."

Schonkost? Oberarzt? Ich will mich erinnern, wie ich hier her gekommen bin. Mein Magen bedeutet mir durch ein rollendes Knurren, dass es Zeit geben wird, über diese Dinge nachzudenken. Vorrangig ist jedoch, das merkliche Hungergefühl zu stillen.

„Ja, bitte. Ich möchte gerne etwas essen", höre ich mich sagen.

Wieder lächelt die Rundliche. „Ich bin übrigens Schwester Patrizia. Ihr Frühstück kommt gleich." Sie verlässt den Raum, wahrscheinlich um das Essen zu holen.

Patrizia? Ich habe diesen Namen noch nie gehört. Ob sie eine Bekannte von Tante Gabriele ist? Es ist, als ob jemand mit kalten Händen nach meinem Herzen greift. Die schemenhafte Erinnerung an die bösartige Verwandte

verursacht einen erhöhten Pulsschlag. Eines der Blech-
kästchen über mir beginnt zu piepsen.

Schwester Patrizia kommt in Begleitung eines hoch-
gewachsenen Mannes in das Zimmer gestürmt.

Der Mann, auch er trägt einen weißen Kittel, ist kurz
angebunden. „Oberarzt Möller. Wie geht es Ihnen? Haben Sie Schmerzen?"

Ich sehe, dass er einige Knöpfe auf dem piepsenden
Gerät drückt, bis das Geräusch verstummt. „Nein, keine
Schmerzen ... es war nur ..." Kann ich hier über Tante
Gabriele sprechen? „Wegen meiner Tante ..."

„Ah", diese Patrizia mischt sich ein, „eine Angehöri-
ge? Sollen wir sie verständigen? Der Mann, der Sie zu
uns gebracht hat, meint, Sie hätten keine Familie und
wir bräuchten niemanden benachrichtigen. Er würde in
den nächsten Tagen nach Ihnen sehen."

„Nein!" Meine Antwort klingt hektisch und wie ein
Schrei. „Sie brauchen niemanden anzurufen. Es ist keine, keine ... echte Tante."

Der Oberarzt mustert mich neugierig, sagt aber
nichts. Vorerst.

Ein junges Mädchen mit einer gestreiften Schürze ba-
lanciert ein Tablett an mein Krankenbett. „Ihr Frühstück. Ich wünsche guten Appetit."

Ich kann gerade noch „Danke!" rufen, da ist sie schon
wieder aus dem Zimmer gehuscht.

Schwester Patrizia richtet die Lehne meines Betts auf,
sodass ich besser trinken und essen kann. Ihre Frage

klingt vorsichtig: „Sie heißen Samantha, meinte der Herr, der Sie zu uns gebracht hat?"

Der Tee ist heiß, aber nicht zu heiß. Er schmeckt wohltuend mild. Kein bitterer Nachgeschmack beleidigt meine Zunge.

„Ja, ich heiße Samantha oder Sam", bestätige ich.

Unter den beobachtenden Blicken des Oberarztes fragt die Schwester weiter: „Wissen Sie, was passiert ist? Warum Sie hier sind?"

Angestrengt denke ich nach. Nein, ich weiß es nicht. Ich kann auch nicht sagen, wohin die seltsamen Erinnerungsfetzen verschwunden sind, die mich sonst immer quälen. Einzig, dass etwas in meiner Vergangenheit mich ständig verfolgt und zum Wahnsinn getrieben hat, dringt in mein Bewusstsein. Dass diese Tante Gabriele ein dunkler Teil dieser Vergangenheit ist, spüre ich, kann es aber nicht verifizieren.

Krankenschwester und Oberarzt wechseln bedeutsame Blicke, wie mir scheint.

„Dass Sie unter Drogen gestanden haben und dass Sie mehrfach vergewaltigt wurden, ist Ihnen nicht bewusst?", fragt Möller schonungslos.

Die Teetasse rutscht aus meinen Händen. Geistesgegenwärtig rettet Patrizia die Bettdecke vor einer Überschwemmung.

„Da ist ein Glas mit einem Embryo", keuche ich und versuche, das Dunkel in mir zu beleuchten, Erinnerungen wachzurufen.

„Es tut mir leid", spricht der Oberarzt nun mit sanftem Tonfall, „dass ich Sie mit der Wahrheit konfrontieren musste. Aber spätestens in einer halben Stunde, wird Sie der Kommissar dasselbe fragen." Die Angelegenheit mit dem Embryo verfolgt er nicht weiter.

„Kommissar?" Ich verstehe nicht. Was will ein Bulle von mir? Habe ich etwas verbrochen? Hmm, nein eher wurde an mir ein Verbrechen begangen, wie der Oberarzt es ausgedrückt hat.

„Wir haben ihm am Telefon schon erklärt, dass Sie an einer Amnesie leiden", erläuterte die Krankenschwester. „Sie sagen Ihm einfach, was Sie wissen. Vielleicht hilft das Gespräch, Ihre Erinnerung anzukurbeln."

Aufmunternd drückt sie mir die Teetasse wieder in die Hand.

Arzt und Schwester verlassen das Zimmer. Ich bin alleine mit meinen Gedanken, die sich hinter meiner Stirn jagen. Wissen, Erinnerung, Fragen …

Mir wurde übel mitgespielt. Das habe ich verstanden. Und, dass ich nicht Täterin, sondern Opfer bin.

Ein gutmütig wirkender Weißhaariger in Polizeiuniform tritt ein. Hinter ihm Schwester Patrizia, die ihm mehrfach einbläut, dass er mich mit seinen Fragen nicht aufregen darf und dass sie vom Nebenzimmer aus meine körperlichen Reaktionen beobachten wird.

„Schon gut", verspricht der Uniformierte, „ich werde ganz sachte mit ihr umgehen."

Er zieht sich einen Sessel an mein Bett.

„Fräulein Samantha", brummelt er väterlich, „woran können Sie sich erinnern? Und Sie brauchen keine Angst mehr zu haben. Vor Ihrem Zimmer sitzt ein Wachebeamter, der keinen Fremden zu Ihnen lässt."

Erleichterung macht sich in mir breit. Es scheint, als würde mein Horrorleben sich wandeln. Wie komme ich auf Horrorleben?

18

Bevor ich dem Beamten eine Antwort gebe, nippe ich an meiner Tasse. Was soll, oder besser, was kann ich ihm überhaupt sagen? In meinem Kopf herrscht ein heilloses Durcheinander. Woher soll ich wissen, was Erinnerung und was Einbildung ist?

Was in den letzten Tagen, vielleicht sogar seit ich nach Berlin geflüchtet bin, geschehen ist, erscheint so surreal. Unstet, ständig auf der Flucht vor irgendjemandem, der mich mitnehmen will. Dieses Gefühl lässt mich nicht los. Dunkle Gassen, U-Bahntunnel, Bahnhofshallen waren meine Heimat. Und immer wieder Schmerzen, unsägliche Schmerzen.

Dann auf einmal fällt mir Samuel ein und mit ihm kehrt auch die Erinnerung an Ricky und meine Freunde zurück. Der Abend, als wir in die Vorstadt zu diesem Haus gefahren sind, drängt sich in mein Bewusstsein.

Offenbar spiegelt sich diese Erkenntnis auf meinem Gesicht wieder, denn der Kommissar fragt: „Was ist Ihnen eingefallen? Wissen Sie, wo Sie waren und wie Sie hierhergekommen sind?"

„Nein, nichts, nur…", antworte ich zögernd, denn die Zeit auf der Straße hat mich eines gelehrt. Vertraue niemandem, und schon gar keinem Bullen. Wenn ich ihm jetzt von dem Haus und der Familie erzähle, hängt er mir den ganzen Scheiß an. Irgendetwas muss ich aber sagen. So wie er mich anschaut, wird er nicht einfach gehen. „Ricky, Sam ..." Nein, Samuel darf ich nicht erwähnen. „Mein Hund", korrigiere ich mich hastig und erkläre dann weiter: „Ein Collie. Eigentlich ist er nicht mein Hund. Er kommt und geht, wie es ihm gefällt."

Er notiert etwas auf seinem Block. Dann steht er auf und tritt etwas näher an mein Bett. „Keine Angst, Samantha. Das Schlimmste haben Sie hinter sich. Hier sind Sie in Sicherheit. Der Beamte vor der Tür wird dafür sorgen, dass niemand hereinkommt. Ruhen Sie sich aus, schlafen Sie ein wenig. Ich komme heute Abend noch einmal vorbei. Bis dahin fällt Ihnen vielleicht etwas ein."

Er macht den Eindruck, als wolle er noch etwas sagen, doch er schüttelt nur den Kopf und wendet sich dann der Tür zu. Bevor er mein Zimmer verlässt, dreht er sich noch einmal um und zwinkert mir zu. „Ich weiß, dass Sie mir nicht trauen. Nach allem, was Sie durchgemacht haben, ist das auch kein Wunder. Aber ich versichere Ihnen, dass ich Ihnen helfen möchte. Denken Sie in Ruhe darüber nach, Samantha."

Ich starre noch zur Tür, als der Kommissar schon längst gegangen war. Was meinte er damit? Nach allem, was ich durchgemacht habe? Woher will er wissen, was mir widerfahren ist? Meine Freunde werden es ihm kaum verraten haben. Das würden sie niemals.

Ist das tatsächlich so? Mir kommen Zweifel, denn schließlich haben sie mich allein zurückgelassen. Allein mit der toten Familie und all dem Blut, überall.

Tante Gabriele vielleicht? Hat sie der Polizei etwas gesagt? Nein, widerspreche ich meinen eigenen Überlegungen. Wenn dem so wäre, dann läge ich jetzt nicht hier in einem Krankenhaus, sondern irgendwo auf einer Krankenstation im Knast.

Aber wer kommt sonst noch in Frage? Hermann? Immerhin habe ich ihm von meinen Eltern, der Tante, Samuel und den anderen erzählt. Doch der Bootsmann ist tot.

Also, wer sonst könnte die Polizei über mich informiert haben? Wenn doch nur mein Gehirn funktionieren würde. Oder besser noch. Wenn ich wenigstens etwas Stoff hätte. Dann bräuchte ich über gar nichts nachzudenken. Ich könnte einfach davonfliegen.

Langsam werden meine Augenlider schwer. Eine bleierne Müdigkeit überrollt mich, der ich mich nicht widersetzen kann, nicht will.

Wie lange ich geschlafen habe, weiß ich nicht. Es könnte ebenso gut eine Ewigkeit, wie nur einige Minuten gewesen sein. Nur eines weiß ich mit Sicherheit. Ich habe tief und fest, und vor allem traumlos geschlafen. Auch fühle ich mich so erholt, wie schon lange nicht mehr.

Ich versuche aufzustehen. Meine Glieder gehorchen mir allerdings nicht. Zur Untätigkeit gezwungen, beginne ich also erneut die Bruchstücke meiner Erinnerungen zu durchforsten.

Je mehr ich mich bemühe, Ordnung in das Chaos zu

bringen, desto heftiger wirbeln meine Gedanken durcheinander. Irgendwie muss ich aber Ordnung schaffen, nur wie?

Ich muss es aufschreiben, kommt mir in den Sinn. Und auf einmal rastet eine Erinnerung am richtigen Platz ein. Mein Tagebuch. Darin habe ich immer alles notiert. Immer. Sogar noch ... wie lange ist es jetzt eigentlich her?

Welcher Wochentag ist heute? Waren wir am Samstag in der Suppenküche? Am Dienstag gibt uns Julia von der Bahnhofsbäckerei immer ein paar Brötchen. Haben wir uns die geholt?

Samantha!, rufe ich mich selbst zur Ordnung. So funktioniert das nicht. Ich muss aufschreiben, was mir durch den Kopf geht. Nur wenn ich es lese, kann ich es auch sortieren.

Neben meinem Bett steht ein Kästchen. Ein Tablett steht darauf, mit einem abgedeckten Teller und einer Tasse, gefüllt mit Tee. Demnach muss es schon Nachmittag sein. Hunger habe ich nicht, aber den Tee leere ich in einem Zug.

In der Schublade finde ich einen Block und einen Stift. Eine Weile kaue ich nachdenklich auf dem Kugelschreiber herum. Wie fange ich an?

Mama. Warum in aller Welt denke ich jetzt an sie? Meine Eltern sind seit vielen Jahren tot. Dennoch schreibe ich das Wort auf, und als ich damit fertig bin, reihen sich wie von selbst weitere Wörter daran.

Mama hat gestritten. Mit einer Frau. Die Frau war böse, weil sie Mama angeschrien hat, dann hat Mama geweint. Papa hat die böse Frau fortgeschickt. Aber sie ist nicht weggefahren. Ich habe sie gesehen, wie sie in ihrem Auto saß und zum Haus herübergesehen hat.

Jetzt, beim Lesen fällt mir der Nachmittag wieder ein. Es war ein sonniger Tag und eigentlich sollte ich draußen sein. Die Jungs aus der Nachbarschaft hatten mir aber wieder Angst eingejagt, deshalb habe ich mich im Haus versteckt.

Ich sehe alles vor mir, als würde es sich jetzt, in diesem Moment, abspielen. Weitere Ereignisse der Vergangenheit drängen hervor, die ich ebenso niederschreibe. Schreckliche Dinge, die mich schaudern lassen. Sie scheinen greifbar nah, gleichzeitig auch so verschwommen, als hätte mir das jemand nur erzählt. Dennoch bin ich sicher, das Ganze schon einmal aufgeschrieben zu haben.

Überall auf dem Bett verstreut liegen inzwischen die abgerissenen Zettel des Blocks. Hin und wieder ziehe ich einen davon heran, lese ihn erneut und lege ihn an einer anderen Stelle ab. So, als gehöre dieser Gedanke dort hin, neben einen anderen.

Dass die Tür geöffnet wird und Schwester Patrizia hereinkommt, bemerke ich zunächst gar nicht. So sehr in meine Notizen vertieft überhöre ich auch, dass sie mit mir spricht. Erst als sie mich an der Schulter berührt, sehe ich zu ihr auf.

„Na? Kommen Ihre Erinnerungen wieder?", fragt sie mich freundlich lächelnd. „Das ist ja eine ganze Menge, was Ihnen da eingefallen ist. Sie sehen besser aus, Kindchen. Der Schlaf hat Ihnen offenbar gut getan." Dann wirft sie einen Blick auf den Tropf über meinem Bett und äußert: „Noch zwei oder drei dieser Infusionen, dann dürfte Ihr Körper weitgehend entgiftet sein."

„Was ist das für Zeug?"

„Darüber machen Sie sich mal keine Gedanken. Es hilft Ihnen und entsorgt die Sedativa und Halluzinogene, mit denen Ihr Körper vollgepumpt war."

Diese Information überrascht mich. „Hallu ... was? Wie ..."

„Denken Sie nicht darüber nach. Es wird alles wieder gut. Sie sollten aber wirklich etwas essen, damit Sie wieder zu Kräften kommen. Möchten Sie nicht wenigstens eine Kleinigkeit zu sich nehmen?"

Schon der Gedanke daran erzeugt Brechreiz, aber ich habe großen Durst und bitte um eine weitere Tasse Tee. Schwester Patrizia verlässt das Zimmer und kurz darauf erscheint wieder das Mädchen in der adretten gestreiften Schürze. Sie bringt mir sogar zwei Tassen und nimmt dafür das Tablett mit. Dann bin ich wieder alleine mit meinen Gedanken.

19

Es schwirrt so vieles durch meinen Kopf. Die Bilder fressen sich wie Dämonen direkt vor mein Auge. Ich weiß nicht, was es ist, auf der einen Seite bin ich durch die Medikamente, die mir die Ärzte geben, ruhiggestellt und werde entgiftet, wie Schwester Patrizia es ausdrückt, auf der anderen Seite schwirren Schatten, dunkle Gestalten und immer wieder diese Bilder durch meinen Kopf.

Je mehr ich meine Gedanken in dieses Tagebuch schreibe … *„Ja, dieses Tagebuch wird in Zukunft ein Bestandteil in meinem Leben sein",* rede ich laut vor mich hin, desto deutlicher werden die Bilder, die sich in meinem Kopf drehen und wie eine Frisbee-Scheibe von einer Ecke zur anderen fliegen.

Schemenhaft kann ich Umrisse von Gesichtern wahrnehmen, welche ich aber nicht einordnen kann. Unscharf und schnell huschen sie vor meinen Augen umher.

Ich versuche mich zu konzentrieren und kneife sie zusammen. Ich balle meine Hände zu Fäusten, ich begreife nicht, warum ich nicht klar denken kann. Ich merke, wie mein Herz zu rasen beginnt, wild pochend, fast stechend ist dieses unangenehme Gefühl. Ich atme tief ein, in Erwartung, dass ich ruhiger werde. Aber das Gegenteil tritt ein und ich höre mich auf einmal schreien.

Ich schreie meine Wut, meine Angst, mein Unwissen über das Geschehene und meine Hilflosigkeit heraus. Tränen rinnen über mein Gesicht, mein Körper bebt und seit Langem brechen alle Gefühle, die ich nun nicht nur wahrnehme, sondern auch körperlich spüre, aus mir heraus. Ich fege die Schreibutensilien vom Bett, balle immer wieder meine Hände zu Fäusten und habe wohl nun einen Nervenzusammenbruch.

Unter einem Tränenschleier nehme ich wahr, dass die Türe aufgerissen wird, Menschen in weißen Kitteln hereinstürmen und auf mich einreden. Eine Schwester – ist es Schwester Patrizia? Ich weiß es nicht, es ist mir egal, ich muss schreien, ich muss versuchen, zu verstehen, was in meinem Kopf vor sich geht ... Sie drückt mich in mein Kissen und streicht mir liebevoll über mein Gesicht, eine Geste, die ich schon lange nicht mehr erfahren durfte.

Sie müssen mir etwas gespritzt haben, denn plötzlich entspannt sich mein Körper und ich drifte hinab in eine Zwischenwelt. Wolken und Nebel liegen wie ein Schleier auf meinem Gesicht, meine Glieder werden schwer wie Blei und die Stimmen um mich herum prallen wie an einer Wand vor mir ab.

Ich weiß nicht, wie lange ich geschlafen habe. Das Geräusch von Wind und Regen, der auf die Fensterbank prasselt, lassen mich wach werden. Ich kann nicht sehen, wo ich bin, es ist dunkel und mein Kopf brummt.

Mein Mund ist trocken und brennt. Meine Zunge leckt über meine Lippen, sie sind rissig und wund. Mit meinen Fingern berühre ich mein Gesicht. Es ist kalt und schmerzt beim Berühren.

„Ich würde das lassen, es ist entzündet".

Ich reiße meine Augen auf. Es ist immer noch dunkel und ich kann nicht erkennen, wer das gerade gesagt hat. Ich versuche überhaupt nicht zu atmen oder eine weitere Bewegung zu machen, als mich der Strahl einer Taschenlampe trifft. Schnell habe ich meine Hände als Schutz vor dem grellen Licht nach oben gerissen.

„Was ist das? Was soll das?", höre ich mich zitternd sprechen.

„Du brauchst keine Angst haben, Sam oder Samantha. Ich tue dir nichts. Dir nicht." Es war eine männliche Stimme, tief und klar spricht sie zu mir in das dunkle Zimmer hinein.

„Er muss mir gegenüber sitzen, da ist ein Stuhl", versuche ich mir einzureden. „Er sitzt weiter weg und nicht direkt vor mir." Diese Vorstellung beruhigt mich etwas, kann ich doch nun davon ausgehen, dass er mich dann nicht anfassen würde.

Aber diese Stimme … „Sie kommt mir bekannt vor", denke ich, „wer ist das? Wer weiß, dass ich hier bin? Wer weiß, wie ich heiße und warum macht er das Licht nicht an?" Ich ziehe die Schultern etwas hoch und horche in die Stille hinein.

„Ich sagte ja, Sam, du brauchst keine Angst haben.

Ich tue dir nichts."

„Nein ... ich träume nicht, das ist jetzt real. Da ist jemand in meinem Zimmer, in meinem Zimmer, welches doch bewacht wird", denke ich und wieder spüre ich das pochende Gefühl in mir.

„Wo ist der Mann, der Polizist, der vor meiner Tür sitzt?", frage ich in die Dunkelheit hinein.

„Warum willst du das wissen, Sam? Es ist egal, ich bin jetzt hier und du bist noch am Leben. Ich sagte ja, ich tue dir nichts."

Die Stimme.. diese Stimme ... tief, rein, deutlich und bestimmend spricht sie zu mir. Ich kneife meine Augen erneut zusammen und versuche zu spüren, zu erraten, wer sich in meinem Zimmer befindet.

„Ich kann Sie nicht sehen und ich weiß nicht, wer Sie sind und vor allem weiß ich gar nicht, was Sie wollen", sage ich mit bebender Stimme zu ihm.

„Schätzchen, überleg mal! Überleg mal ganz genau, wer ich bin. Du musst dich ein bisschen anstrengen, aber es fällt dir sicher ein."

Schon als Kind habe ich es gehasst, wenn ich zu irgendwelchen Ratespielen herangezogen wurde, ich mochte das nicht und das ist bis heute so geblieben. Ich überlege, versuche, einige Fetzen Erinnerung an diese Stimme aus meinem Kopf herauszuholen.

„Ich bin der, den ihr getötet habt. Erinnerst du dich? Das Haus, in das ihr eingebrochen seid? Das war mein Haus, Sam. Aber euer Plan hat nicht richtig funktioniert.

Ich lebe noch."

Ich zittere und versuche, meine Gedanken zu sortieren. „Ich weiß nicht, was da passiert ist", stottere ich und begreife nicht, wie ein eigentlich Toter zu mir sprechen kann. „ich habe niemanden getötet und wenn Sie tot sind, können Sie nicht hier sitzen."

Meine Gedanken beginnen, wieder völlig wirr zu werden. Während ich rede, versuche ich den Schalter für die Notklingel zu finden. Ich muss nach der Schwester läuten und dann sieht sie den Mann, der mir droht und wird Hilfe holen.

„Du wirst die Klingel nicht finden, Sam", spricht die Stimme wieder ruhig und klar zu mir. Das Klopfgeräusch, welches zeitgleich am Tisch aufgeführt wird, lässt mich erahnen, dass die Klingel als Werkzeug missbraucht wird.

„Ich sage dir nochmal, du brauchst keine Angst zu haben, ich töte dich nicht. Nicht dich." Er verändert seine Stimmlage nicht, aber die Aussagen werden deutlicher. „Ich habe deine Freunde umgebracht, Sam, jeden einzelnen von ihnen. Sie haben es verdient, sie waren uneinsichtig und verlogen. Sie haben meine Familie getötet und dir wehgetan. Du hast die Flügel um mich und meine Familie gezeichnet. Du bist anders. Deshalb töte ich dich nicht, Sam. Aber ich vernichte dich."

20

Ich wache auf, schweißgebadet und panisch. Hektisch suchen meine Augen den von den Monitoren leicht erleuchteten Raum ab. Hier war niemand. Ich war alleine, doch so sehr mein Kopf mir weismachen will, dass sich hier keine andere Menschenseele befindet, rast mein Herz trotzdem, so als wäre ich einen Marathon gelaufen.

Ich kann mir das doch nicht nur einbildet haben. Dieser Mann, seine Stimme, alles war so real, so greifbar. Und was er gesagt hat schnürt mir immer noch die Luft ab. Meine Freunde tot, alle? Nein, das durfte und konnte nicht wahr sein.

Immer wieder suchen meine Augen das sterile Krankenzimmer ab.

Da ist ein Geräusch. Ich habe doch etwas gehört. Mein Herz springt mir fast aus der Brust.

Bevor ich weiß was ich tue, höre ich meine eigene Stimme laut nach Hilfe rufen.

Vor der Tür sollten doch Polizisten sein? Ich rufe noch einmal. Die Tür wird stürmisch geöffnet und ein junger Beamter stürmt herein.

„Was ist, ... Frau ...", er stockt, ehe er seine Frage beendet: „... Frau Samantha?"

Er weiß meinen Nachnamen nicht, was mich trotz der Angst schmunzeln lässt. Es macht ihn menschlich in seiner Uniform. Er sieht sich um und ich weiß einfach nicht, was ich sagen soll.

„Hier war jemand!", platzt es schließlich aus mir heraus.

Der Beamte dreht das Licht an, geht durch den Raum und prüft jeden Winkel des Zimmers, doch offenbar ist hier niemand, außer uns.

Wieder beginne ich an mir selbst zu zweifeln, wie so oft.

Eine mir unbekannte Schwester kommt herein. Wortlos geht sie zu den Monitoren, die blinken und piepen, was mir erst jetzt auffällt.

„Ich bin Schwester Lisa. Ist bei Ihnen alles in Ordnung?", fragt sie, erst nachdem sie die Anzeigen kontrolliert hat. Sie hört sich abgehetzt an.

Der Polizist wirkt etwas überfordert und weiß nicht, wie er sich verhalten soll. Aufmerksam lässt er seinen Blick weiter durch den Raum schweifen, aber wo keiner ist, da taucht eben auch keiner aus dem Nichts auf.

„Ich dachte, hier wäre jemand, aber es war wohl nur ein Traum", sage ich leise und kleinlaut.

Wie dumm von mir, so panisch und kindisch zu reagieren.

Der Beamte versichert mir, dass er und sein Kollege ihren Posten nicht verlassen haben und dass sie ihren Job sehr ernst nehmen.

Wie zum Beweis kommt der Kollege ebenfalls herein, blickt kurz zu mir, eh er sich an seinen Kollegen wendet und leise mit ihm spricht. Dann nicken mir beide zum

Gruß zu und verlassen das Zimmer.

„Na toll gemacht, Sami. In wenigen Minuten hast du dafür gesorgt dass dich drei Menschen für vollkommen durchgeknallt halten."

Ich versuche ruhig zu atmen und bemühe mich, meine Gedanken zu sammeln. Ohne drüber nachzudenken, greife ich nach dem Block samt Stift auf meiner Bettdecke ... da ist aber nichts. Ich suche danach und finde beides auf meinem Nachtkästchen.

Für einen Moment denke ich darüber nach, warum die Dinge jetzt anderswo liegen. Es will mir nicht einfallen.

Es ist nebensächlich. Außerdem will ich beginnen, meine Gedanken auf Papier zu bringen. Meine Hand fliegt über das Papier, doch ich merke schon bald, dass ich das Schreiben nicht mehr gewohnt bin, mein Handgelenk beginnt zu schmerzen. Aber ich muss einfach weiterschreiben. Es ist wie ein innerer Zwang.

Ich versuche nichts zu vergessen und jede noch so unwichtig erscheinende Kleinigkeit in Worte zu fassen. Es wird immer klarer, der Mann war da, auch wenn ihn kein anderer gesehen hat. Da kann der ‚Wir-nehmen-unseren-Job-sehr-ernst-Bulle' sagen was er will.

Langsam erwacht das Krankenhaus wieder zum Leben und die Geräusche im Zimmer, das Piepen der Monitore, werden von dem geschäftigen Treiben außerhalb der Tür überlagert.

Möller kommt zur morgendlichen Visite, schaut mit aufgesetzt wichtigem Blick auf die Monitore und das Klemmbrett an meinen Bett. Er will mir etwas sagen — das spüre ich — und versucht es vor sich herzuschieben.

Endlich beginnt er zu sprechen: „Samantha, ich befürchte, ich habe keine guten Nachrichten für Sie. Sie leiden an Hämatemesis", beginnt er und erklärt mir, was das ist, als er meinen fragenden Blick sieht. „Das ist Bluterbrechen. Um die genaue Ursache zu lokalisieren, müssen wir eine Spiegelung der Speiseröhre und des Gastrointestinaltraktes durchführen. Außerdem habe ich eine Blutanalyse veranlasst, das Ergebnis sollte heute noch vorliegen."

Er macht eine Pause und sieht mich nachdenklich an.

„Ich weiß, dass es sehr viel ist, was Sie zurzeit durchmachen müssen. Ich habe mir die Freiheit genommen und dem Therapeuten im Krankenhaus Bescheid gegeben. Er wird gleich zu Ihnen kommen. Es ist wichtig, dass Sie sich jemandem anvertrauen", sagt er ruhig und ich merke, wie ich mich innerlich verkrampfte.

Therapeut? Na super — er hat ganz sicher von der Schwester erfahren, was hier los war. Er hält mich also auch für vollkommen durchgeknallt.

„Samantha, haben Sie Fragen?", höre ich Möllers Stimme. Sie erscheint mir so weit weg, so verschwommen und leise.

„Nein", murmle ich wie automatisch.

Obwohl — eigentlich habe ich schon welche.

Ich verstehe einfach nichts *wirklich*. Doch ich habe kein Vertrauen mehr, zu niemandem. Ich werde nicht sprechen, weder mit dem Arzt, noch den Beamten oder Schwestern. Schon überhaupt nicht mit einem Therapeuten. Ich spreche nur durch meine Worte, die ich in das Heft schreibe. Mein Tagebuch schweigt, es ist mir treu ergeben und bewahrt meine Gedanken.

Möller nickt verständnisvoll.

„Ich bin mir sicher, dass es Ihnen bald viel besser gehen wird, wir werden schon dafür sorgen. Sie sind hier in den besten Händen", verspricht er.

An der Tür trifft er Schwester Patricia. Sie schwebt mit meinem Frühstück herein.

Ich will ihr an den Kopf werfen, dass ich nichts brauche, nicht essen will. Aber sie lächelt mich so herzlich an, dass ich mir die Worte verkneife. Stattdessen erkundige ich mich, ob der Beamte, der mich befragen wollte, heute wieder kommt. Sie nickt.

„Gestern war er schon einmal da, aber Sie schliefen tief und fest. Er wollte Sie nicht wecken", erklärt sie und stellt das Tablett auf den Nachttisch.

Ich nippe an meinem Tee. Immer in kleinen Schlucken. Mein Körper wehrt sich gegen Nahrung. Jede noch so geringe Menge Flüssigkeit verursacht einen Würgereiz. Es dauert lange, bis die Tasse leer ist.

Erschöpft sinke ich zurück auf mein Kissen, doch mit ausruhen ist nichts, weil ein älterer, leicht zerzaust wirkender Mann den Raum betritt.

„Hallo, Samantha. Ich bin Peter Weihnberg, der Psychologe. Doktor Möller hatte Sie ja darüber informiert, dass ich zu Ihnen kommen werde."

Er nimmt sich einen Stuhl und setzt sich zu mir ans Bett, während ich ihn voller Misstrauen beobachte. Kein Wort wird er von mir erfahren! Niemals!

Ich verschränke die Arme und warte ab, was er nun sagt.

Aber es kommt nichts. Er sitzt nur da und schaut mich lächelnd, den Kopf leicht zu Seite geneigt, an. Abwartend, dass ich selbst zu sprechen beginne.

Doch ich starre nur direkt in seine Augen und mein Mund bleibt geschlossen.

21

Eine ganze Weile starren wir uns schweigend an, bis ich dem Blick des unaufhörlich lächelnden Mannes nicht mehr standhalten kann.

Ich habe keinen blassen Schimmer, was die Diagnose von Doktor Möller – diese Hämatese oder so – für mich bedeutet. Nur eines weiß ich ganz sicher: Immer, wenn ich einen Gedankenfaden zu fassen bekomme, reißt er sofort wieder ab – und ich bin verwirrter als zuvor.

Immer, wenn ich glaube, mich an etwas erinnern zu können, mischen sich Albträume mit Halluzinationen, Wahrheiten mit Halbwahrheiten und Angst sowie Zweifel mit Trugbildern darunter – und geben mir neue Rätsel auf.

Ich schaue zu den vollgeschriebenen Zetteln, die aufgestapelt neben meinem Block auf dem Nachttischchen liegen. Auch wenn ich noch so viel Hoffnung darin gesetzt habe, hat mir das Geschreibsel nicht wirklich dabei geholfen, etwas Licht ins Dunkel zu bringen.

Verdammt, so komme ich nicht weiter. Vielleicht sollte ich doch mit diesem Seelenklempner reden, überlege ich. *Wer weiß?*

Noch bevor ich intensiver darüber nachdenken kann, öffnet sich die Tür und Schwester Lisa betritt das Zimmer.

„Oh, entschuldigen Sie bitte. Ich wusste nicht, dass Sie hier sind, Herr Doktor Weihnberg. Ich soll die Patientin zur Spiegelung des ... äh ... also zur Untersuchung abholen." Mich beachtet sie nicht. „Da scheint wohl etwas durcheinandergeraten zu sein. Soll ich später wiederkommen? Doktor Möller hat diese Untersuchung zwar als dringend eingestuft, aber ich kann sicherlich einen neuen Termin ..."

„Nein, schon gut, Schwester." Der Mann erhebt sich, ergreift kurz meine Hand und schenkt mir ein warmes Lächeln. „Samantha und ich werden uns später noch einmal unterhalten." Er zwinkert mir freundlich zu und deutet auf das Papier neben mir. „Hätten Sie etwas dagegen, wenn ich mir das mal anschaue?"

Die Frage verwirrt mich, und ich schüttle vehement den Kopf. Das sind meine intimsten Aufzeichnungen. Wie kann er glauben, dass ich sie ihm überlassen würde, wo ich nicht mal ein Wort mit ihm gesprochen habe? Er scheint nicht böse oder enttäuscht zu sein, sondern antwortet lediglich: „Okay, dann also bis nachher." Er geht hinaus.

„Ich hätte echt mit ihm sprechen sollen", denke ich.

Auch Schwester Lisa schenkt mir ein Lächeln. Allerdings wirkt dieses aufgezwungen und genervt. Vielleicht bilde ich mir das nur ein, schließlich kommen mir meine Mitmenschen in der letzten Zeit alle miteinander sonderbar und fremd, ja sogar bedrohlich vor.

„Ich befreie Sie jetzt erst einmal von den ganzen Kabeln, damit ich Sie mitnehmen kann."

Wortlos schaue ich zu, wie sie mit flinken Fingern ihre Arbeit macht.

Dann löst sie die Bremsen des Krankenbettes und schiebt mich aus dem Raum. Sofort erhebt sich einer der Polizisten, um mich zu begleiten. Keiner spricht, was mich zugleich erleichtert wie auch ein klein wenig irritiert aufseufzen lässt.

Nach mir endlos erscheinenden Fluren und Aufzugsfahrten bleibt Schwester Lisa in einem menschenleeren Gang stehen und grinst den Mann an. „Bei der Spiegelung möchten Sie bestimmt nicht dabei sein, oder? Ich würde Ihnen raten, vor der Türe zu warten."

„Zuerst möchte ich einen Blick in den Untersuchungsraum werfen", gibt er unbeirrt zurück. „Danach kann ich gerne draußen warten."

Das Grinsen der Schwester erstarrt zur Maske. „Oh nein, ganz sicher nicht, mein Lieber!"

Jetzt erst fällt mir auf, dass sie eine Hand im Kittel gesteckt hält und diese Hand nun blitzschnell mit einer Spitze hervorschießt, die sie dem Polizisten zielsicher in dessen Arm sticht. Der flucht derbe, kann jedoch nichts mehr unternehmen, so schnell wirkt der Inhalt der Injektion. Schon bricht er zusammen und schlägt mit einem dumpfen Knall zu Boden. Obwohl ich für Bullen im Allgemeinen nicht viel übrig habe, hoffe ich, dass er nur ein Betäubungsmittel verpasst bekommen hat.

Ich ärgere mich über mich selbst, denn diese Überlegungen haben mich wertvolle Zeit für eine Flucht gekostet. Als mich Schwester Lisa – oder wer auch immer – aus dem Bett zerrt, stelle ich fest, dass ich mitnichten hätte fliehen können, so schwindlig wie mir zumute ist. Ich überlege fieberhaft, wie ich dieser Frau entkommen kann, kann mich aber nicht dagegen wehren, dass sie die Tür aufreißt und mich grob in den dusteren Raum stößt. Ich drehe mich zu ihr um, will diesen Raum unbedingt wieder verlassen.

Schwester Lisa lacht lauthals auf. „Da hast du die Kröte. Vergiss die Bezahlung nicht. Ich weiß, wo ich dich finde."

Daraufhin höre ich ein eigenartiges Geräusch, wie ein Ploppen und Zischen. Schwester Lisas weit aufgerissene Augen stieren mich an, voll Entsetzen und Furcht. Sie will anscheinend etwas sagen, bringt stattdessen lediglich ein Gurgeln hervor. Ihre Hand kann das Blut, das aus ihrer Brust hervorquillt, nicht stoppen. Wie in Zeitlupe kippt sie vornüber und bleibt regungslos liegen.

Einen Moment verharrt mein Blick auf der toten Frau, danach blicke ich in den dunklen Raum, kann jedoch nichts erkennen, bis eine Stimme ertönt.

Eine Stimme, die ich nur zu gut kenne: „Was glaubst du, wer du bist, dass du mir drohen kannst, du blöde Gans?", krächzt Tante Gabriele und schubst mich rüde zur Seite, sodass ich hinfalle. Ich bemerke, dass sie gar nicht mit mir, sondern mit der Frau, die sie gerade erschossen hat, spricht. Dann spuckt sie auf die Tote, zückt ihre Waffe erneut und schießt ohne Zögern auf den wehrlosen Polizisten.

Der Schrei bleibt mir in der Kehle stecken. Will das denn nie aufhören!

Grenzenlose Wut keimt in mir auf, legt sich über die bleierne Angst und weckt neue Kraft in mir.

Hämatemesis – erstaunlicherweise fällt mir ausgerechnet in dieser grausigen Situation das richtige Wort ein. Egal an welcher Krankheit ich vermeintlich leide, schlagartig ist mein Überlebenswille wieder da und vertreibt Schwindel sowie weiche Knie. Ich springe auf und trete Tante Gabriele die Waffe, die sie immer noch auf den Polizisten richtet, obwohl dieser mit Sicherheit tot ist, aus der Hand. Es löst sich ein weiterer Schuss, der ein Loch in die Flurwand schlägt. Das Überraschungsmoment ist mir gelungen. Tante Gabriele schreit auf, will nach mir greifen, aber ich trete ein zweites Mal zu, und zwar in ihre Kniekehle, was sie stürzen lässt. Ich haste an ihr vorbei und renne den langen Gang zurück, finde eine Treppe, die ich hinaufstürme.

Erst jetzt fällt mir auf, dass ich diese dämliche Patientenkleidung anhabe. Verflucht! So kann ich nicht aus dem Krankenhaus fliehen. Ich brauche etwas einigermaßen Gescheites zum Anziehen. Offenbar hat eine gehörige Portion Adrenalin mich zur Hochleistung angespornt und lässt zudem mein Gehirn ausgesprochen gut funktionieren. Wie von selbst finde ich den Weg auf eine Station, in ein leeres Krankenzimmer, wo ich in einem unverschlossenen Schrank Kleidungsstücke vorfinde. Genial!

Nun gilt es, eine weitere Hürde zu nehmen: den Ausgang! Es scheint mir zu gefährlich, einfach hinaus zu spazieren. Sicherlich wird meine liebe Tante dort auf mich warten. Ich schleiche mich auf ein Besucherklo, um etwas Zeit zum Nachdenken zu gewinnen.

Nachdem mein Plan in mir gediehen ist, verlasse ich den kleinen Raum, wobei ich mich bemühe, nicht nervös zu wirken. Erhobenen Hauptes schreite ich durch die Gänge, bis ich finde, was ich suche. Endlich ist mir das Glück ein wenig hold. Vorbei an Wäschestapeln und anderen Dingen schiebe ich mich Richtung Lieferanteneinfahrt und atme die kalte Luft in vollen Zügen ein. *Frei!*

22

In diesem Moment höre ich Polizeisirenen und beginne verzweifelt zu laufen, haltlos, ziellos zu laufen. Mein Herz rast vor Angst und plötzlich spüre ich, wie mich meine Kräfte mehr und mehr verlassen, ich nur mehr torkle und zu fallen drohe. Ich höre noch ein lautes Rufen: „Stehenbleiben oder ich schieße!" als ich nur mehr verschwommen einen Pistolenlauf vor mir auftauchen sehe, bevor ich in einen Strudel heillosen Nichts' versinke.

Aus der Ferne erscheinen mir wieder all die grausamen Bilder meiner Kindheit ... diese dicke böse Frau, die mit meiner Mama gestritten hat und die Papa daraufhin aus dem Haus geworfen hat. Er hat damals gesagt: „Verschwinde endgültig aus unserem Leben und lass dich nie wieder hier blicken!" Diese böse Frau ... sie hat Mama so ähnlich geschaut, aber ihr Gesicht war wie eine Fratze und sie war so fett, genauso fett wie Tante Gabriele. Immer wieder hat sie mit ihrem Auto in der Nähe von unserem Haus gestanden und mich böse angegrinst. Die gehäuteten toten Katzen ... und immer wieder Blut, die Engelsflügel, überall diese Flügel – immer um die Toten. Und der Kellerraum, lauter Embryos in Reagenzgläsern ...
„Hallo, Baby Girl, wir bekommen dich schon noch dorthin, wo wir dich haben wollen! Hahahha"...

„Nein Mama, Papa ... bitte wacht wieder auf ... Mama, Papa!" Ich höre mich nur schreien. Ich liege ganz ange-kuschelt an Mamas dickem Babybauch, spüre Blut auf meinen Fingern. „Mama, wach auf! ... Nein nicht schon wieder Tote ... Die Familie ... ich muss sie retten – male Engelsflügel um sie, damit sie wieder erwachen, Blut, soviel Blut ..."

„Aufwachen, Kind, wachen Sie auf, Samantha." Ich spüre eine warme, weiche Hand auf meinem Gesicht und sehe verschwommen die Gestalt von Schwester Patricia, die mich sanft berührt und auf mich herabblickt. „Kind, was ist los, Sie sind wieder in Sicherheit, was haben Sie denn geträumt?"

Verwirrt blicke ich um mich. Was ist denn passiert ... Sirenen, Polizei ... wo bin ich?

„Nein, nicht die Tante! Hilfe! Doktor Frankenstein ist hinter mir her!" Panisch beginne ich zu schreien, während mich Schwester Patricia ganz liebevoll in ihre Arme nimmt, um mich zu beruhigen. „Samantha, Kind, du bist in Sicherheit, du hast es geschafft. Alles andere wird dir später der Kommissar erzählen. Versuche dich zu beruhigen. Vielleicht magst du niederschreiben, was du gerade geträumt hast."

Dankbar blicke ich die Schwester an und bitte sie, mir meinen Block mit dem Stift zu reichen. Sie legt bei-des auf mein Bett, hält mir noch eine Tasse mit warmen Tee an die Lippen, den ich langsam und schluckweise zu mir nehme, und bettet mich dann liebevoll wieder zurück. „Du – ich hoffe es stört dich nicht, wenn ich du sage – kannst jederzeit nach mir läuten, wenn du mich brauchst. Ich komme dann sofort."

Erleichtert und dankbar für ein wenig mütterliche Wärme lasse ich mich in meine Kissen sinken und lehne mich erleichtert zurück, während ich verzweifelt versuche, meine Gedanken zu ordnen.

Ich greife zu meinem Büchlein und erschrecke. Es ist nicht mehr nur der Karton mit den abreißbaren Seiten, den ich in der Hand halte ... Es ist ein Buch ... mein Tagebuch!

„Kann das sein oder träume ich?" Ich zwicke mir in die Wange, ich bin tatsächlich wach, blicke erstarrt auf mein altes Tagebuch, das da vor mir liegt, nehme es in meine Hände, öffne seine ersten Seiten und ... ein Brief rutscht heraus.

Mit zitternden Fingern öffne ich das Schreiben und beginne zu lesen ...

Meine liebe Sami,

auch wenn du glaubst, schlauer zu sein, als wir – deine Tante und Onkel Franky – hahaha – wirst du uns nicht entkommen. Du wirst doch nicht glauben, dass ich mein Werk nicht zu Ende bringe, das ich vor so vielen Jahren begonnen habe, als du kleine Schlampe zur Welt gekommen bist. Du hast ja keine Ahnung, wie sehr ich deine Mutter dafür gehasst habe.

Ich bin mir sicher, dass sie dir nie von ihrer Zwillingsschwester erzählt hat, mit der sie so lange Zeit ein Herz und eine Seele war.

Wir beide waren unzertrennlich, bis irgendwann dieser Unfall passiert ist. Wir waren beide sechzehn und eigentlich das perfekte Team, bis dein Vater, dieser Mistkerl, in unserem Leben aufgetaucht ist und nur Augen für meine Schwester hatte, obwohl sie genau wusste, dass ich ebenso verliebt in ihn war, wie sie und wir beide ihn wollten. Schon immer haben alle gemeint, welch ein liebes Mädchen Kornelia doch sei und wie schlimm ich wäre. Dabei habe ich gar nichts getan. Immer habe ich versucht so zu sein, wie sie, die alle Herzen im Sturm erobert hat, obwohl wir doch beinahe ganz gleich ausgesehen haben. Sie hat es mich nie spüren lassen, dass sie die Beliebtere war, aber ich habe begonnen, sie mehr und mehr zu hassen, diese ach so Liebe, der alle Herzen zugeflogen sind und dann auch alle Burschen. Als sie mehr Zeit mit Peter verbringen wollte als mit mir, haben wir nur mehr gestritten. Und dann dieser Unfall ...

Peter hat uns beide abgeholt, um uns zu einer Sommerparty mitzunehmen, er war schon achtzehn und hatte sich das Auto seines Vaters geliehen. Irgendwann auf der Party haben Kornelia und ich angefangen uns zu streiten, weil ich sie mit diesem Idioten irgendwo im Garten am Teich schmusend erwischt habe. Als die Situation eskalierte, hat er uns zusammengepackt, um uns heimzuführen. Im Auto bin ich dann endgültig ausgerastet, wir haben heftig gestritten und ich habe mich von hinten auf ihn gestürzt. Was danach genau passiert ist, weiß ich nicht mehr. Er hat noch das Lenkrad verrissen und dann hat es nur mehr gekracht.

Aufgewacht bin ich später im Spital, mit einer Maske auf dem Gesicht. Den Rest kannst du dir denken, meine liebe Sami.

Kornelia und ihrem Scheißtypen ist fast nichts passiert und ich ...

Sie haben mich wieder zusammengeflickt – mein Gesicht war nicht mehr wie zuvor – und gemeint, dass ich froh sein musste, überlebt zu haben, Kinder würde ich keine mehr bekommen können. Dann haben sie mich auch noch in eine Anstalt gesteckt, weil sie behaupteten, dass irgendeine meiner Gehirnregionen Schaden erlitten hätten und ich nicht mehr zurechnungsfähig wäre. Da haben sie sich aber gewaltig getäuscht. In der Anstalt gab es diesen netten Arzt, in den ich mich verliebte und mit dem ich gemeinsame Sache machen wollte. Er hat mir anvertraut, dass er Versuche mit Menschen machte – mit Verstorbenen, aber vor allem auch mit Embryonen – und mir helfen würde, dieser ‚Institution‘ zu entkommen, wenn ich bereit wäre, seine persönliche Assistentin zu werden. Und da hat er bei mir natürlich die beste Helferin gefunden. Ich hatte schon damals, als ich die beiden im Garten schmusen gesehen hatte, Rache geschworen. Jetzt wusste ich, dass meine Zeit gekommen war.

Bereits in der Anstalt war ich ihm bei einigen Versuchen die perfekte Unterstützung gewesen. Ich hatte ja das Vertrauen zu meinen Mitpatienten und –patientinnen und konnte daher problemlos an sie herankommen. Es wurde nie entdeckt, woran sie gestorben waren. Ich war immer zur Stelle, als die Leute kurz vorm Abkratzen waren, um ihnen noch zu helfen, zu überleben. Leider war es meistens schon zu spät. Mein Spitzname war ‚Angel‘, da ich zumindest einigen helfen konnte, am Leben zu bleiben. Wir mussten auch mit denen experimentieren. Franky hatte die perfekten Drogen gemischt, er wurde immer besser. Er war auch der, der die Leichen obduzierte, weshalb immer alles glatt verlief. Zwei Mal war es uns gelungen, auch eine Schwangere zu bekommen.

Als Vertrauensarzt unserer Abteilung, bestätigte er mir – ich war damals siebenundzwanzig, dass ich nun alleine lebensfähig wäre. Daraufhin wurde ich entlassen und habe mir eine Wohnung in eurer Nähe zugelegt, die Franky mir finanziert hatte. Du warst damals gerade sechs Jahre alt, als ich mir meinen perfekten Plan zurechtgelegt hatte, wie der liebe Franky von nun an alles bekommen sollte, um mir, nein uns, das perfekte Kind, das ich ja selber nie zur Welt bringen würde, zu erschaffen.

Und dich ... dich haben wir dafür natürlich auch gebraucht ...

Mir wird unvermutet schlecht, als ich diese Zeilen lese. Übelkeit steigt in mir hoch und ich muss mich übergeben. Es gelingt mir gerade noch rechtzeitig, die Unterlagen zur Seite zu schieben, um sie nicht zu beschmutzen, als die Türe aufgerissen wird und ein Arzt in den Raum tritt, den ich mit entsetzten, starren Augen anblicke, während er auf mich zukommt.

„Oh nein, nicht doch, Baby Girl, du kannst doch nicht dein Tagebuch bekleckern. Nur keine Angst, meine Süße, du wirst dich gleich wieder beruhigen."

Während ich verzweifelt nach der Klingel suche und zum Schreien ansetze, spüre ich einen kurzen Stich in meinen Arm und fühle mich in einen Strudel gezogen ... haltlos falle ich in unendliche Tiefen.

23

Als ich wieder zu mir komme, spüre ich sie. Die Kälte, die langsam durch mich hindurch kriecht. Mein ganzer Rücken brennt vor Kälte, und ich brauche einen Moment, um zu begreifen, dass ich nackt auf dem steinernen Boden liege. Steinerner Boden? Ich versuche mich zu erinnern. War ich nicht eben noch im Krankenhaus? Panik steigt in mir auf. Wo bin ich? Ich versuche mich zu bewegen, doch meine Gliedmaßen sind schwer wie Blei. Nicht die winzigste Regung. Ich seufze. Aus der Panik wird Verzweiflung. Wieso ich? Ich schlucke, kämpfe gegen den Kloß in meinem Hals an.

„Du bist wach", sagt eine mir nur allzu vertraute Stimme sanft säuselnd. Eine tiefe Stimme. Scheiße.

Ich drehe meinen Kopf nach links und blicke ... in die kalten, leblosen Augen meiner Mutter. Der Schrei bleibt mir in der Kehle stecken.

„Na? Freust du dich, sie wieder zu sehen? Deine Eltern." Er hält mir eine Klinge an den Hals. „Die Eltern, die du ermordet hast?"

„Ich habe sie nicht getötet", keuche ich.

„Aber natürlich nicht. Wieso solltest du auch? Du hast sie doch geliebt." Er kommt mit seinem Gesicht ganz nahe an meins. Ich kann seinen fauligen Atem riechen. „Ich verrate dir etwas. Sobald Menschen für uns keinen Nutzen mehr haben, kommen sie weg. Deine Tante ist sehr einfallsreich, aber das weißt du ja bereits.

Sie schafft es spielend, Leute um den Finger zu wickeln."

Ich muss an den Bootsmann denken, der offenbar auch zu meiner Tante gehörte. Scheiße.

„Und du hast nicht einmal gemerkt, wie sehr du uns in die Falle gegangen bist. All die Nettigkeit, die deine Tante dir entgegengebracht hat, war pure Berechnung."

Hat der Typ überhaupt eine Ahnung? Von Nettigkeit kann bei dieser Schlampe keine Rede sein.

„Und nun bist du hier, an dem Ort, an dem für dich alles angefangen hat. An dem wir dich ausgewählt haben! Es war alles minutiös geplant. All die falschen Erinnerungen, die wir dir eingepflanzt haben. All die Mühe, die wie investiert haben. Alles diente nur einem einzigen Zweck."

Er zieht eine Spritze unter seinem Kittel hervor. Sie sieht anders aus als typische Spritzen. Sie ist länger und dicker.

Er kniet sich vor mich hin und spreizt meine Beine.

„Nein!", versuche ich zu schreien, doch es ist zu spät. Mit voller Gewalt schiebt er die Spritze in mich hinein. Ich fühle, wie eine kalte Flüssigkeit meinen Bauch füllt. Eine Träne läuft über meine Wange.

„Du bist die Mutter unseres perfekten Babys. Ein Mensch, genetisch modifiziert, perfekt, makellos. Immun gegen alle bekannten Krankheiten. Ein Kind, das besser ist, als du es jemals sein könntest. Du bist nur ein wertloses Stück Müll."

Ich nehme meine ganze Kraft zusammen. Verdammt,

ich muss mich bewegen. Ich versuche, meine Muskeln anzuspannen. Aber sie bewegen sich nicht. Als wäre dieser Körper gar nicht meiner.

„Warum?", frage ich. „Wieso hier? Wieso bringt ihr mich an diesen Ort zurück?"

„Nennen wir es ‚unsere Versicherung'."

Er hält mir ein Einmachglas entgegen, das ich nur zu gut kenne. Ich spüre, wie die Übelkeit in mir aufsteigt.

„Ja", haucht er. „Genau deshalb. All diese kleinen Dinge sind Trigger. Auslöser, die in deiner Psyche Reaktionen hervorrufen. Du bist gelähmt vor Schreck. Und weißt du wieso? Weil wir es so wollten! Wir haben dich seit dem Tod deiner Eltern immer wieder Tests unterzogen. Aber du ..." Er lacht. „Du kannst dich nicht einmal daran erinnern. Nicht einmal, wie lange du hier bereits liegst."

Langsam lösen sich Fragmente aus meinem Gedächtnis. Wie Herbstlaub, das von den Bäumen geweht wird, und den Stamm freigibt. Das Gefühl zu ertrinken. Helle Lichter. Der Geruch nach Desinfektionsmittel. Bis jetzt konnte ich sie nicht zuordnen, doch nun ergibt alles einen Sinn.

„Wir haben dich auf deine Rolle als Leihmutter vorbereitet, Sami. Oh, meine kleine, arme, wehrlose Sami. Keine Drogenexzesse, keine Partys, kein Alkoholrausch. Nein. Das alles hat nur in deinem Kopf stattgefunden."

Ich wende den Kopf ab und schließe die Augen.

In meinem Unterleib bewegt sich etwa. Aber das ist

unmöglich. Ich versuche meinen Kopf aufzurichten, doch es geschieht nichts.

„All die Zeit warst du immer in unserer Nähe, irgendwo an der Grenze zwischen Traum und Realität. Und das alles ausgelöst durch den Tod deiner Eltern, der leider unausweichlich war. Auch sie brauchten wir als Trigger."

Meine Gedanken schweifen ab. Zu den Flügeln, die auf den Boden um die Leichen gemalt waren. Wenn es denn überhaupt real war.

„Wieso Flügel?", frage ich. Einen Augenblick lang ist Dr. Frankenstein still. Offenbar hat ihn meine Frage aus dem Konzept gebracht. Erst jetzt hat er sich wieder gefangen.

„Ach, Sami. Du hältst dich viel zu lange mit Dingen auf, deren Antworten in dir sind. Buchstäblich."

Ein stechender Schmerz durchfährt meinen Körper. Ich schreie auf, als sich etwas in mir bewegt. In diesem Moment setzt mein Gehirn alle Puzzleteile zusammen. In Gedanken blättere ich in meinem Tagebuch herum, dass ich angefangen habe zu schreiben vor … neun Monaten.

Das Bild wird immer deutlicher. Das ständige Gefühl, zu frieren. Die Blackouts. Die unbekannten Gerüche. Das ständige Schwanken zwischen Traum und Wahrheit.

Ein Plan nach Ansage.

„Und dich haben wir dafür natürlich auch gebraucht…"
Der Text meiner Tante, der plötzlich auch Sinn ergibt.

„Nein!", kreische ich.

Die Schmerzen sind schier unerträglich. Wenn ich das hier überlebe, bringe ich meine Tante um, schwöre ich mir, ehe die Finsternis ihren klammernden Griff um mich legt, und die Bewusstlosigkeit mir die Schmerzen nimmt.

24

„Sie schläft jetzt."

„Bist du sicher?"

„Ja, natürlich, oder hältst du mich für unfähig?"

„Ist ja schon gut, Liebster. Sie sah vorhin nur so furchtbar verstört aus. Meinst du, dass es dem Fötus gut geht? Ich habe Angst, dass die ganzen bösen Empfindungen und schlechten Erinnerungen die kleine unschuldige Seele bereits im Mutterleib schädigen. All dieser Schmerz, dieses Adrenalin und die Medikamente. Bist du wirklich sicher, dass davon nichts zurückbleibt?"

„Hast du was genommen, Gabriele? Was soll diese plötzliche Gefühlsduselei! Mein Gott, das gehört alles zum Plan. Wir erschaffen ein Geschöpf, das niemals krank wird, niemals zweifelt, niemals scheitert · niemals widerspricht. Mit meinen Genen, seinen Knochen und dem genialen Geist der Zukunft. Mein Geschöpf · ich werde durch diesen Körper unsterblich werden. Das haben wir lang und breit besprochen und monatelang durchgehalten. Natürlich hast du einen Anteil daran. Machst du jetzt etwa schlapp · so kurz vorm Ziel? Guck lieber noch mal nach, ob wir in Samanthas Tagebuchaufzeichnungen etwas übersehen haben. Es muss alles bis ins kleinste Detail passen · die eingeimpften Erinnerungen, die erfundenen Freunde, die Partys, das Leben auf der Straße, der Köter, die Toten im Haus. Alles! Bis ins allerkleinste Detail, verstehst du? Und höre verdammt noch mal auf, die Göre anzugucken, als wäre sie ein normaler Mensch! Deine Nichte ist bloß noch ein Versuchsballon, ein überdimensionales Reagenzglas, eine Gebärmutter mit Hülle, ein..." Doktor Franken- stein, *der liebe Onkel Franky*, unterbricht seinen Rede- schwall und schaut auf seine Gehilfin, die an der Lager- statt des Mädchens kniet und aufmerksam das blasse Gesicht nach Regungen absucht. Dann streichelt Gabrie- le den sanft gewölbten Bauch seines *Reagenzglases*. Franky spürt, wie ihm das Blut in den Kopf steigt und seine Halsschlagader pochend anschwillt.

„Hast du mich verstanden, Weib?", brüllt er.

Gabriele zuckt zusammen und stammelt: „Ja, natür- lich. Ich mache alles, was du willst. Aber das Kind ge- hört danach mir, ja? Zumindest im ersten Jahr. Du hast es mir versprochen, Franky. Du hast mir meinen Engel versprochen."

Unvermittelt fängt die Frau an zu schluchzen. Ihre Schultern zucken. Bereut sie etwa, was sie getan hat? All die Mühen der vergangenen Monate, die Geheimnis- krämereien, die Ablenkungsmanöver nach außen · die Toten! Franky knibbelt an seinen Fingern, bis sie bluten und streicht sich schließlich fahrig über die Stirn.

„Versprochen. Ja, ich habe es versprochen, ich ver- spreche andauernd etwas", keucht er, „beruhige dich, verdammt, das ist ja nicht zum Aushalten!"

Etwas grob tätschelt er Gabrieles Kopf · *den Kopf ei- ner brutalen, wahnsinnigen Mörderin* · mit der linken, während er mit der rechten Hand eine Spritze mit einer dunklen Flüssigkeit aufzieht.

In der Ferne bellt ein Hund. Es soll das letzte weltliche Geräusch sein, das Gabriele hört.

***

Ich wache auf und strecke mich. Keine Kopfschmerzen, kein Nebel, keine Angst. Sollte es endlich mit mir aufwärts gehen? Das wäre ja zu schön. Das Zimmer kommt mir bekannt vor. Es ist ruhig und hell. Welches aus meinen Träumen ist es diesmal? Der Begriff *Trigger* huscht kurz durch mein Gedächtnis, aber ich kann ihn nicht zuordnen. Stattdessen bin ich erleichtert, dass ich keine kalten Mauern im Rücken spüre, dass ich nicht hungrig oder durstig bin und keine Entzugserscheinungen oder Schmerzen habe. Doch das Beste: Ich habe keine Angst! Dieses Gefühl ist so unsagbar befreiend, dass ich laut loslache. Mein Bauch spannt etwas, aber das ist kaum der Rede wert. Ich lache noch immer glucksend, als ich meine Füße *federleicht* über die Bettkante schwinge und sie auf den Boden setze. Meine Beine tragen mich tatsächlich. Ich gehe langsam zu dem kleinen Stehtisch, auf dem mein Tagebuch liegt. Der Tisch wirft einen riesigen Schatten. Einen wirklich überdimensional großen Schatten für ein solch kleines Pult. Ich stutze und das Lachen bleibt mir sprichwörtlich im Hals stecken. Fest schließe ich die Augen und öffne sie wieder, einen kleinen Schlitz nur. Nein, das ist kein Schatten, ganz und gar kein Schatten. Es ist ein Körper. Ein menschlicher Körper. Aber was da liegt, ist kein Mensch, war nie ein Mensch. Das was dort liegt, war ein Monster. Fassungslos stehe ich vor der seltsam drapierten Leiche meiner Tante Gabriele. Ich möchte schreien, aber ich bleibe stumm und betrachte erst angeekelt, dann faszi- niert den toten Fleischberg, der einmal mit mir ver- wandt war. Ein Arm ist angewinkelt und liegt in einer Blutlache, der andere befindet sich unter ihrem Kopf, so als ruhe sie sich nur aus. Ihr Gesicht hat einen erstaun- ten Ausdruck und ihre Augen sind geöffnet. Um den Körper herum hat jemand Konturen gemalt. Normaler- weise sind Kreide-Konturen an einem Tatort weiß - diese sind jedoch tiefschwarz, also vermute ich Kohle. In Schulterhöhe sind deutlich Engelsflügel zu erkennen. Ich kann nicht anders: Ich beuge mich nach unten, tau- che meine Finger in das Blut und male die schwarz skiz- zierten Flügel aus - mit Blut, mit ihrem Blut, das zu- gleich teilweise auch meins ist. *Ich rieche die DNA.* Als ich damit fertig bin, kann ich nicht ertragen, dass ihre blicklosen Augen mich weiterhin anstarren. Ich schließe ihre Augenlider, wie ich es aus Kriminalfilmen kenne, und hinterlasse je einen blutigen Abdruck darauf. Meine Ruhe verwundert mich selbst. *Morgen*, denke ich, *mor- gen wird es weitergehen, irgendwie.*

Draußen bellt ein Hund. Keine Zeit, jetzt nachzu- schauen! Ich schlage mein Tagebuch auf und schreibe: „Dieses Kapitel meines Lebens ist abgeschlossen, nun kann ich mit einem neuen beginnen ..."

Behutsam schließe ich das Buch und lege meine Hand darauf. Die Hand, an der das Blut nicht trocknen will.

Die Kunst, in jeder Form, ist eine kreative Denkform. Jeder, der das Glück hat, mit Kreativität, Fantasie und Mut ausgestattet zu sein, der es wagt aufzustehen, in dieser Welt der Diktatur und der Unterdrückung, etwas Neues zu versuchen, ist es wert, gehört, gelesen oder gesehen zu werden.

Die daraus entstandenen Werke sind wertvoll und haben das Recht, dass sie honoriert werden.

Jeder Künstler ist anders, denkt anders, schreibt anders, singt anders und malt anders. Jeder hat seine Befürworter und seine Gegner. Kunst ist ein Lebenswerk. Es ist eine Berufung, ein Künstler zu sein. Denn wir haben noch den Mut. Alle anderen schwimmen auf vorgegebenen Wegen. Lassen sich unterjochen von der Masse. Doch wir können nur dann etwas für die Welt tun, wenn wir auch für unsere Arbeit bezahlt werden. Warum sollte das nicht so sein? Warum glaubt ihr, dass wir alles gratis machen? Ihr das Recht habt, unsere Werke – ohne zu bezahlen – zu kopieren, um euch daran zu erfreuen? Das Brot beim Bäcker kostet etwas, könnt ihr auch nicht so einfach nehmen. Und ehrlich, wenn es dir nicht gefällt, das eine oder andere Kunstwerk, dann gefällt es einem anderen. Seien wir froh darüber, dass es noch Verschiedenes gibt.

Es liegt an dir und den anderen, ob ihr weiterhin Freude an unserer Musik, unseren Worten und unseren

Bildern haben wollt.

Wir, die Autorinnen und Autoren, die dieses Buch geschrieben haben, fassen unsere Worte gerne für euch in interessante Bücher, aber es ist auch unsere Arbeit, unser Lebensinhalt. Wir weigern uns, unsere Werke gratis anzubieten, denn wir finden, dass es gut ist, was wir tun. Und das sollte die paar Euro für unsere Bücher wert sein.

Rudi Treiber (Vorwort) steht mit all seiner Kraft hinter seinen Vorhaben, war Lehrer, ist Musiker, Maler, Olivenbauer und Schreiber – als Schriftsteller will er sich nicht bezeichnen – und dies alles mit einer Leidenschaft und Konsequenz, die viele verblüfft.

Mit seinen Worten zeigt er die Fehler, Irrtümer und Irrglauben seiner Mitmenschen auf. Nimmt sich kein Blatt vor den Mund, um seine Meinung zu vertreten.

Ein ständiger Provokateur, intellektueller Kosmopolit, Träumer und Illusionist.

In seinen Worten, und in seiner Musik, teilt er seine Ansichten über Kindesmissbrauch, Drogen, Neonazis, Politik und Lügen der Menschheit. Aber er findet auch Platz für Sentimentales ohne Peinlichkeit.

2014 erschien ‚Das Diktat des Durchschnitts'

Verena Grüneweg (1. Kapitel) lebt in Norden. Sie ist Mutter von zwei erwachsenen Töchtern. Seit vielen Jahren arbeitet sie hauptberuflich als Floristin. Das Schreiben ist ihre Leidenschaft.

Ihre Geschichten und Gedichte umfassen Bereiche wie Fantasie, Erfahrungen und Frauenliteratur. Für sie sind ihre geschriebenen Worte ‚Seelenpflaster'. Bisher wurde die Geschichte ‚Für alle Zeit' in dem Buch: ‚Eine bunte Mischung Lebensgeschichten 3' veröffentlicht.

2014 erschien ‚Hexenschatten‘, das erste gemeinsame Buch mit Karin Pfolz als Co–Autorin, 2015 ‚Verloren im Leben‘.

Karin Pfolz (2. Kapitel) lebt in Wien. Sie arbeitet als Autorin und Malerin. Für ihre Kindergeschichten wurde sie 2011 und 2012 mit dem ‚Sparefroh–Preis Österreich‘ ausgezeichnet. Ihr Roman ‚Manchmal erdrückt es mich, das Leben‘ erschien in der Erstauflage 2012, der Thriller ‚Du lügst dich durch mein Leben‘ 2014. Sie unterstützt mit ihren Büchern die ‚Autonomen österreichischen Frauenhäuser‘, hält ‚Gewalt–Präventions–Workshops‘ an Schulen und spricht offen in den Medien über das Tabu–Thema familiärer Gewalt. Zahlreiche Fernseh- und Radiointerviews begleiten sie auf ihrem Weg gegen Gewalt.

Seit 2014 ist sie Vorstandsvorsitzende des Vereins ‚Respekt für Dich – Autorinnen gegen Gewalt‘ und Geschäftsführerin vom Karina-Verlag.

Sie hat 2014 die Aktion ‚Jedes Wort ein Atemzug‘ und 2015 ‚Nicht umsonst‘ ins Leben gerufen und leitet diese Projekte.

Veröffentlichungen:

‚Manchmal erdrückt es mich, das Leben‘, Roman

‚Du lügst dich durch mein Leben‘, Thriller

‚Hexenschatten‘ und ‚Verloren im Leben‘, Thriller mit Co–Autorin Verena Grüneweg

‚Die Reise der Bücher', Kinderbuch
‚Gemalte Geschichten', Kinderbuch

Christine Erdic (3. Kapitel) wurde 1961 in Deutschland geboren. Seit 1986 ist sie verheiratet, hat zwei
Töchter und lebt seit dem Millennium in der Türkei.

Unter anderem gab sie Sprachtraining an der Uni-
versität von Izmir, machte Übersetzungen und verfasste
Berichte für die Türkische Allgemeine, eine ehemalige
Zeitschrift in deutscher Sprache und gibt heute noch
private Deutschstunden.

Veröffentlichungen:

Geschichten aus dem Reich der Hexen, Elfen und Ko-
bolde, Zauberhafte Berichte aus der Koboldküche,
Glücksschmiede, Willkommen im Lugh Holiday,
Nepomuck´s Abenteuer

Frank Huhnhäuser (4. Kapitel) wurde 1960 in Berlin
geboren und lebt mit seiner Frau in der Südpfalz. Seinen
schriftstellerischen Schwerpunkt stellen Kurzgeschichten und Kriminalromane dar.

Seine Kurzgeschichte ‚Fundamente' zählte zu den
Gewinnern des Schreibwettbewerbs ‚Irgendwas bleibt'
der Saarländischen Buchmesse ‚HomBuch' und wurde in
deren Anthologie zur Messe 2015 veröffentlicht.

Die Kurzgeschichte ‚Blutmond' wird in der Anthologie

‚Jedes Wort ein Atemzug, die Fortsetzung' des Vereins ‚Respekt für dich' veröffentlicht.

Sein erster Kriminalroman wird demnächst im Karina-Verlag erscheinen.

Markus Kohler (5. Kapitel) 50 Jahre alt oder jung. Inhaber von Markus' Bücherkiste. Bücher begleiten ihn also stetig. Sein Debüt–Roman ‚Tod? – Ich bin da!' wird 2015 veröffentlicht. Er lebt in einem kleinen Dorf bei Soest und der Schrecken ist hier zu Hause.

Das ‚Münchner Kindl' **Alexa Innocenti** (6. Kapitel), Jahrgang 1971, lebt seit über zehn Jahren mit ihrer Familie und zahlreichen Vierbeinern in der norditalienischen Stadt Reggio Emilia. Sie bewegt sich im Genre Krimi und Thriller und konnte bereits einige Erfolge mit ihren Kurzgeschichten verbuchen. So wurden zum Beispiel ihr Kurzkrimi ‚Der Leichenschmaus' sowie die Horror-Kurzgeschichte ‚Tödliche Ferien' bei ‚Jedes Wort ein Atemzug – die Fortsetzung' des Vereins ‚Respekt für dich' aufgenommen.

Außerdem wird im Herbst 2015 ihr Debütroman ‚Angst steht dir gut' beim Bookshouse–Verlag veröffentlicht.

Kishara Haberecht (7. Kapitel) 1986 in Bramsche geboren, wurde schon früh für Bücher begeistert. Als ältere Tochter von Verena Grüneweg war das geschriebene Wort etwas, was sie seit jeher mit ihrer Mutter verband und die zwei zusammenhielt. Während andere Kinder mit normalen Märchen vorlieb nehmen mussten, wurde ihr eigenes Leben durch die Geschichten ihrer Mutter nicht nur bereichert sondern zu etwas Besonderem gemacht. Dadurch lernte sie früh, die Magie des Wortes kennen und schätzen. Seither von ihrer Mutter inspiriert und gefördert, lernt sie, ihre Gedanken in Worte zu fassen. Zurzeit arbeitet sie an ihrem ersten eigenen Werk ‚Tagebuch eines Reisenden‘.

Sally Bertram, (8. Kapitel) schreibt im Alter von 12 Jahren ihre ersten eigenen Gedichte und kleinen Geschichten. Zudem verfasst sie regelmäßig Artikel für ein lokales Veranstaltungsmagazin.

Während ihrer Studienzeit setzt sie geschriebene Geschichten in gesprochene Sprache und Beiträge beim Hochschulradio um.

Ihr erstes Buch ‚Der Versuch eines normalen Lebens‘, erscheint 2010 und 2013 ‚Mord nach Manuskript‘.

2015 wird der Roman ‚Der Versuch normal zu sein‘ und ‚Nur ein Gedanke‘ (mit Co–Autorin Karin Pfolz) erscheinen.

Unter dem Pseudonym **Elfride Stehle** (9. Kapitel) schreibt und veröffentlicht Heidi Stolle seit 2012 Gedichte und Geschichten in verschiedenen Anthologien.

Die 1949 in Cottbus geborene Autorin lebt seit 1974 mit ihrem Mann und ihren drei Kindern in Bautzen. Wenn sie sich zwar auch schon als Schülerin für das Schreiben interessierte, besann sie sich darauf erst wieder durch den Aufruf zu einem Gedichtewettbewerb. Seitdem nimmt sie immer wieder an Schreibwettbewerben teil.

Im September 2013 erschien ihr erstes Buch ‚... kopfüber und mittendrin ...‘, und im Dezember 2014 folgte ‚Lust auf Blütenduft und mee(h)r ...‘ mit Gedichten zum Wohlfühlen im Karina Verlag.

Neben einem weiteren Gedichtband möchte Elfride Stehle demnächst auch noch verschiedene Kurzgeschichten veröffentlichen. Dem Schreiben von Lyrik bleibt die Autorin aber treu.

Nicol Lange (10. Kapitel) 1974 in Berlin geboren und lebt seit 2000 in Schulzendorf (LDS) in Brandenburg. Sie ist alleinerziehende Mutter zweier Töchter und leidenschaftliche Leserin, dadurch ist sie auf dieses Projekt aufmerksam geworden. Sie verfasste bereits einige Buchrezensionen, dieser Beitrag in diesem Buch ist ihr Deput-Werk als Autorin..

Ellen Rot (Helene–Barbara Wegmueller) (11. Kapitel), geboren 1954.

Stammt aus einer Künstlerfamilie: Mütterlicherseits (Federer) Großmutter: Malerin. Großvater: Schriftsteller.

Ihr Lebensweg begann mit einer schlimmen Kindheit und einer grausamen Jugendzeit. Doch auch danach erlegte ihr das Schicksal manch schwierige Prüfung auf.

Um das Erlebte besser verarbeiten zu können, begann sie, Kurzgeschichten für verschiedene Magazine zu schreiben; vorrangig Katzengeschichten. Schließlich wanderte sie mit ihrem Partner in die Karibik aus. Hier fand sie endlich Zeit und Muße, zu schreiben.

Ihr erstes Buch ‚Ab auf die Insel mit Sack und Pack‘ erschien. Endlich fand sie die Kraft, die schlimmen Erlebnisse ihres Lebens zu verarbeiten und schrieb ‚Voice of memories‘ (Ersttitel: ‚Geburtstag der Erinnerung‘).

http://www.autorin-ellen-rot.info/

Katharina Kraemer (12. Kapitel), geboren 1964, aufgewachsen am Niederrhein, lebt die Autorin mit ihrer Lebenspartnerin und zwei Hunden heute im Süden Ungarns. Eine Vielzahl an Kurzprosa ist entstanden, mal nachdenklich, mal humorvoll. Einige ihrer Kurzgeschichten und Gedichte sind in Anthologien in Deutschland und Österreich abgedruckt. Im Selbstverlag veröffentlichte sie eine Anzahl E-Books, darunter ‚Drabbles, mal bitterböse

– mal zum Schmunzeln'. Die Fertigstellung ihres Erst-
lingswerkes (Biografie eines transsexuellen Lebens) ist
für 2015 geplant. Ihr Motto lautet: Was immer du tust,
tu es gerne; Zufriedenheit ist die Summe aller Glücks-
momente.

Dirk Harms (13. Kapitel) wurde 1965 in Rostock geboren und begann mit dem Schreiben von Gedichten und
kurzen Geschichten bereits in der Schulzeit. Seitdem hat
ihn dieses Hobby nicht mehr losgelassen. Online-
Hörbuch ‚Wie die Kuh MIAU zu ihrem Namen kam' gelesen von Jutta E. Schröder, September 2013: ‚Neurosen
und andere Schnittblumen' Gemeinschaftsprojekt mit
der Autorin und Herausgeberin Signe Winter (Parodien,
Glossen, Satire), ‚Gespenster sind nicht feige', illustriert
von Jutta E. Schröder, Sarturia-Verlag (Frühjahr 2014),
‚Der Anrufer' , Krimi (self publishing), ‚Der boshafte
Verblichene'.

Sebastian Görlitzer (14. Kapitel) 1982 in Karl-Marx-
Stadt geboren, lebt heute in seiner Geburtsstadt Chemnitz. Im Jahr 2002 schloss er seine Ausbildung erfolg-
reich ab und arbeitete danach für ein Jahr im Amtsge-
richt, als Justizangestellter im Schreibdienst. Er
schreibt unterschiedliche Geschichten. 2014 ist sein

158

Kinderbuch ‚Benji der Braunbär' beim Karina-Verlag erschienen. Außerdem arbeitet er ehrenamtlich beim Stadtteilmagazin (Marmorhut) und arbeitet ebenfalls ehrenamtlich in einem Alten- und Pflegeheim in Chemnitz.

Elke Steffen (15. Kapitel), geboren 1961. Ist verheiratet und hat zwei erwachsene Kinder und einen Enkel.

Schreiben bedeutet für sie Befreiung und Leidenschaft, wenn die Fantasie fließt.

Begonnen hat alles mit Gedichten, dann folgten Kurzgeschichten. Zuerst veröffentlichte sie ein Kinderbuch. Doch dann entstand die Idee, einen Roman zu schreiben. Es wurde ein Krimi, dem ein Roman folgte. Danach entstanden ein Gedichtband und eine Fantasiegeschichte.

Veröffentlichungen:

Zeit für Freunde – Gedichtband

Blutige Brötchen – Kurzkrimi

Daisy, das besondere Hundemädchen – Kurzgeschichte

Reime, Gedichte und Kurzgeschichten für Kinder - Kinderbuch

Banküberfall in Morgenheim – Kriminalroman

Die Magie der Gedichte und Reime – Gedichtband

Liebe mit Stacheln – Roman

Der Welten Ruf – Phantasieroman

Sara Puland (Pseudonym, 16. Kapitel) geboren 1969, aufgewachsen am Mittelrhein, wohnt mit ihrer Familie in der Nähe von Bonn. Schreiben war früher keine Passion für sie. Ihr Debüt gab sie mit der Geschichte ‚Manou und die sieben Helden' in der Anthologie ‚Jedes Wort ein Atemzug', vorher waren es kleine Geschichten im Internet, die nicht weiter von Belang sind. Auch die nächste Geschichte, Dreamtravel, ist in einem Folgeband von den Anthologien erschienen, eine weitere wird folgen. Ab Ende April, Anfang Mai wird ihre Protagonistin in der ScienceFiction-Serie ‚Die geheime Invasion' mitspielen. Auch engagiert sich die Autorin derzeit ehrenamtlich als Schreiberin bei dem Verein ‚Schutzlos-Wehrlos e. V.', damit die Kinder nie vergessen werden, ihnen eine virtuelle Gedenktafel mit ihrem Schicksal erstellt wird.

Renate Zawrel (17. Kapitel), geboren 1959 in Wien, lebt seit 1993 in Oberösterreich. Der Erstlingsroman ‚Il Vesuvio' (Novum Verlag) erschien 2011. Hierauf folgten Veröffentlichungen diverser Kurzgeschichten in Anthologien des Sarturia-Verlags, sowie die Krimi-Trilogie ‚Damendoppel' (Band 1 – 2012, Band 2 – 2013, Band 3 – 2014).

Die Autorin zeichnet auch als Herausgeberin im Verlag Sarturia verantwortlich (Serie ‚Märchen unterm Regenbogen', sowie aller im Verlag erscheinenden Märchenbücher, Fantasy-Romane, Krimis und Love-Storys).

Der Roman ‚Bijela kuća-Schattenglück' erscheint 2015 (Verlag Sarturia) und behandelt unter anderem die Thematik ‚Gewalt in der Ehe'.

Einige Kurzgeschichten sind in den Bänden der Reihe ‚Jedes Buch eine Träne weniger – Respekt für dich' im Karina-Verlag erschienen, beziehungsweise ist Renate Zawrel auch Mitautorin im vorliegenden Thriller ‚Vergessene Flügel'.

Medusa Mabuse (Pseudonym) (18. Kapitel), Jahrgang 65, wollte niemals schreiben. Sie sah ihre Stärke mehr im Lesen von Romanen unterschiedlicher Genres. Diese Geschichten beflügelten ihre Fantasie und sie erdachte sich daraus, oder aus banalen Alltagssituationen, ihre eigenen Storys.

Vor einigen Jahren drängte eine dieser Fantasien, die sie schon seit frühester Jugend beschäftigte, nach draußen. Sie begann, zunächst nur zur eigenen Freude, mit der Niederschrift. Hieraus entstand ihr Debütroman, den sie in zwei Bänden veröffentlicht hat. Die Arbeit an dieser Dilogie erweckte die Begeisterung am Schreiben, der sie weiterhin nachgeht.

Bisherige Veröffentlichungen:

‚Strafe muss sein' · Kurzgeschichte in Jedes Wort ein Atemzug: Geschichten aus aller Welt, Teil 1

'Our Trip to London' · Kurzgeschichte

'Chandni · Destiny? Ihre Liebe begann im Traum' Band 1 · Liebesroman

‚Chandni · Destiny! Liebe meines Lebens‘ Band 2 – Liebesroman

Andrea Schneider (19. Kapitel), geb. 08.02.1968 in Würzburg. Die Mutter von vier Kindern schreibt vorwiegend Kindergeschichten. Derzeit arbeitet sie an einem Thriller. Irgendwann einmal, wegen der Abwechslung, plant sie ein Kochbuch.

Marie Stutzki (20. Kapitel) wuchs in einer lesebegeisterten Familie auf, was sie prägte und bereits in jungen Jahren schrieb sie Kurzgeschichten und Rollenspiele.
Mit ihren Geschichten erfreut sie die Kinder im Kinderheimheim, wo sie hauptberuflich beschäftigt ist.

Ihre erste offizielle Veröffentlichung ist die Beteiligung am Thriller „Vergessene Flügel“ 2015.

Sie lebt im ländlichen Gebiet Warendorf in Deutschland.

Marlies Borghold (21. Kapitel) wurde 1959 in Borken (Westfalen) geboren und lebt seit über dreißig Jahren in der Nähe von Düsseldorf.

Einer Eingebung folgend, schrieb sie vor ein paar Jahren einen Roman. Schon bald folgten die Fortsetzungen hierzu. Im Jahre 2013 traute sie sich dann und veröffentlichte unter dem Pseudonym Agnes M. Holdborg die ersten beiden Teile ihrer romantischen Fantasy-Elfensaga „Sonnenwarm und Regensanft" („Zwei Sonnen" und „Sonnensturm") zunächst als E-Books. Im Sommer 2014 veröffentlichte sie hierzu den dritten Band "Elfenstern".

Im Frühjahr 2015 wurde der erste Teil dieser Fantasy-Reihe als Printbuch herausgegeben. Die weiteren Teile sollen entsprechend folgen.

Fortan ließ das Schreiben sie nicht mehr los. Neben der Fortsetzung zu der „Sonnenwarm und Regensanft"-Reihe (Veröffentlichung noch im Jahre 2015) hat sie einen weiteren Fantasy-Roman mit dem Titel „Kuss der Todesfrucht" fertiggestellt, welcher kurz vor der Veröffentlichung steht.

Daneben arbeitet sie an einem weiteren Projekt, und zwar an einem Erotikthriller. Außerdem beteiligt sie sich mit Kurzgeschichten und Gedichten an zahlreichen Gemeinschaftsprojekten. So sind zum Beispiel zwei ihrer Gedichte erst kürzlich in der Anthologie „Müttergefühle" erschienen.

Magdalena Almado (Pseudonym), (22.Kapitel), Juristin, Energetikerin, Ausdruckstänzerin u.v.m., hat im Jahr 2008 zu schreiben begonnen. Auslöser dafür war ein beinahe tödlicher Unfall im atlantischen Ozean, den sie, so wie schon vieles zuvor in ihrem Leben – v.a. ihrer Kindheit –, überlebt hatte. Sie begann mit lyrischen Prosatexten und präsentierte ihren ersten Text tänzerisch als Weihnachtsperformance im Reha-Zentrum zwischen ihrer zweiten und dritten Knie-OP, um den Menschen Mut zu machen. Nun will sie auch mit ihren Büchern, v.a. FRAUEN inspirieren und Mut machen, nach sexuellen und anderen Gewalterfahrungen dennoch ihre Weiblichkeit und Sexualität genießen zu können.

Im Herbst/ Winter 2014 erschien ihre erotische Trilogie

LUST~volle~LUST,

LUST~volle~LIEBE,

LUST~volles~LEBEN

Folgen wird im Sommer 2015 im **Karina-Verlag** ein autobiographischer Roman *ÜBERLEBT, um zu LEBEN,* der aufgrund seiner Länge zwei Teile umfassen wird. Sie ist auch Mitautorin in der Anthologie *„Frischer Wind in flauen Gassen"* und der vom **Karina-Verlag** demnächst publizierten *„Mystisches und Magisches".* Derzeit schreibt sie an ‚*Fantasiereisen'*, die demnächst mit der Stimme ihrer Künstlerfreundin Cleo Ruisz und der Musik von Jack Fronczek auf CDs erscheinen werden. (www.magdalena-almado.com)

Sascha Schröder (Kapitel 23) wurde 1989 in Bremerhaven geboren. Schon früh zeigte er ein besonderes Interesse an Computern, weshalb es nicht verwunderlich ist, dass er im Jahr 2008 bei einem großen deutschen Unternehmen eine Ausbildung als Fachinformatiker begann. Im Jahr 2011 heiratete er seine Partnerin Claudia. Neben seiner Frau und seinen Freunden sind ihm seine Haustiere sehr wichtig.

Neben dem Schreiben ist Sascha begeisterter Musiker und arbeitet derzeit an seinem zweiten Album. Außerdem ist er Betreiber und Moderator des Internetradios Kibo.FM.

Claudia Göpel, Jahrgang 1965, studierte ursprünglich Zahnmedizin und arbeitete jahrelang am Theater und als Sekretärin, bevor sie ihren Horizont als Gastwirtin mit eigenem Kulturbetrieb, Zeitungskorrespondentin, Veranstaltungsmanagerin, Telefonistin, Seniorenbetreuerin, Vorleserin und Buchhändlerin erweiterte - Derzeit ist sie Anwaltsgehilfin, Werbetexterin und Zauberclown/Klinikclown im Raum Leipzig. Für eine Vampirlesung Ende 2005 schrieb sie kurzerhand das gesamte Programm selbst, weil keine geeigneten Texte zu finden waren. Seitdem lässt sie das geschriebene Wort nicht mehr los. Veröffentlichungen in diversen Literaturzeitschriften, Almanachen, Regionalkrimis, SL-Prints, „Tod aus der Teekiste", „Sexlibris", „Ganz schön bissig" im Schreiblust-Verlag„Unpathologisches" im Buchverlag Krefeld, "Caput II" im Adakia-Verlag sowie unter Pseudonym erotische Geschichten im Charon-Verlag und Dienstwerk-Verlag („Weichgekocht", „Zimtfeuer").

Dieses Buch herauszubringen, war eine ziemliche Herausforderung. Denn es erfordert ununterbrochene Überarbeitung und Angleichung der Texte. Jede Autorin, jeder Autor, hat einen eigenen Stil, will ihre, seine eigenen Wandlungen der Story einbringen und manchmal musste da etwas gebremst werden. Doch alle haben sehr gut miteinander gearbeitet, sich mit dem Thema befasst und hervorragende Leistungen abgegeben.

Es ist das Werk geworden, das wir wollten. Ein Buch, das der Welt zeigt, dass es Zusammenhalt und Fairness gibt. Dass ein gesundes Überleben der Kunst nur möglich ist, wenn man es gemeinsam macht. Achtung vor den Werken der Anderen, das macht uns stark.

Mein großer Dank geht an Renate Zawrel und ihr Team beim Sarturia-Verlag. Laufend wurde das Manuskript nach meinen Überarbeitungen lektoriert und korrigiert, damit der Schreibfluss nicht unterbrochen wird. Nur so war es möglich, dieses Werk überhaupt fertigzustellen.

So hat sich aus einer kleinen, etwas waghalsigen Idee, eine wunderbare Zusammenarbeit von zwei Verlagen in Österreich und Deutschland ergeben. Wir haben etwas geschafft, was nicht einmal weltweite Verlage auf die Füße stellen könnten. Wir, der Sarturia-Verlag und der Karina-Verlag, werden uns weiterhin gegenseitig unterstützen, denn – nur gemeinsam geht es weiter. Unsere Eigenständigkeit bleibt dabei erhalten. Ein guter Weg in die Zukunft der Kunst.

Ich danke auch herzlich Bettina Böhm, die die ersten Kapitel korrigiert hat. Mit ihr war der Start einfacher.

Ich danke Rudi Treiber, für seine kurzen, aber sehr wahren und ehrlichen Worte zu Beginn des Buches. Diese Zeilen gaben mir erst die richtige Kraft, dieses Projekt durchzuziehen. Danke.

Ein großer Dank an alle meine Autorinnen und Autoren, denn ihr habt nicht nur geschrieben für dieses Buch, ihr habt mich auch mit lustigen Mitteilungen, Mails, PN´s usw. motiviert und gestärkt. Danke.

Und nun, ein großer Dank an unsere Leserinnen und Leser. Denn nur durch Euch und den Kauf dieses Buches, wird unsere Botschaft in die Welt getragen. Nur so erreichen wir, dass die Menschen erkennen, dass Kunst, in welcher Form auch immer, etwas wert ist. Für die, die sie herstellen und für die, die sie nutzen und genießen.

Danke

Eure Karin Pfolz

Karina-Verlag (Karina publishing):

Gegründet wurde der Karina-Verlag im August 2014 von der Autorin Karin Pfolz. In Anlehnung den Verein „Respekt für Dich – AutorInnen gegen Gewalt", dessen Vorstandsvorsitzende sie ist.

Jedes publizierte Buch des Verlages, jede CD, jedes Kunstwerk, unterstützt die Gewaltopferhilfe in Österreich. Außerdem veranstalten „Respekt für Dich" und der Karina-Verlag laufend Workshops an Schulen, zu den Themen Gewaltvermeidung, Mobbing, Mentortraining bei Lernproblemen usw.

Jährlich erscheinen einige Anthologien unter dem Titel „Jedes Wort ein Atemzug", von denen das gesamte Honorar an Gewaltfrei Leben geht. Daran beteiligen sich inzwischen über 1.200 AutorInnen weltweit.

Für den Karina-Verlag und alle unsere Künstlerinnen und Künstler gilt immer:

„Jedes Buch ist eine Träne weniger".

This publishing house was founded in 2014 by the author Karin Pfolz, chairman of the association "Respekt für Dich · AutorInnen gegen Gewalt" ("respect for you · Authors Against Violence").

With each publsihed book, a part of the revenue is used to support the victims of violence. It is partly invested in workshops on the subject "prevention of violence" in schools, partly in the "Autonomous Austrian Women's Shelters" ("Autonomen Österreichischen Frauenhäuser") and the campaign "Living FREE of violence" ("GewaltFREIleben").

Under the title "Every word a breath" ("Jedes Wort ein Atemzug"), new volumes appear constantly. Authors can submit their contributions to this anthology anytime. The fee of these books is used to support the assistance of victims of violence.

The motto and the mission of Karina publishing is: "Every book is a tear less".

Sarturia-Verlag

Gegründet von **Dieter König**, der auch die Sarturia Au-torenschule geschrieben hat. Ein Werk, das den Autoren des Verlages kostenfrei zur Verfügung steht und mit-hilft, die eigenen Texte selbständig zu verbessern und das Handwerkszeug – ‚das Schreiben‘ – von ‚der Pieke auf‘ zu lernen.

Unter dem Schwanenfeder-Logo wurden bereits zahl-reiche Sci-Fi- und Fantasy-Romane sowie Krimis publi-ziert. Die Kinderbuch-Reihe ‚Märchen unterm Regenbo-gen‘ (Jeweils Anthologien zu bestimmten Themenstel-lungen) ebenso wie die Bücher der Sarturia-Märchenbibliothek, bestechen durch ihre liebenswerten Geschichten, die in kindgerechten Layouts – im Hardco-ver-Format – erscheinen.

Das Repertoire wird ständig erweitert und ab 2015 stehen auch Lovestorys und Zeitgeschichtliches auf der Genre-Liste.

Das Besondere an Sarturia sind das markengeschützte Coaching des Verlages und die Arbeit im Team. Im Verlagsforum haben Gäste die Möglichkeit, direkt mit den Autoren in Verbindung zu treten. Monatliche ‚Trainingsaufgabe', vielfältige Ausschreibungen ... Das Team von Sarturia lädt Interessierte ein, einfach einmal vorbeizuschauen: http://sarturia.com

„Jedes Wort ein Atemzug"
Buchserie der AutorInnen von „Respekt für Dich"

erschienen im Karina Verlag

Ein gemeinsames Buchprojekt gegen Gewalt, initiiert von der Österreichischen Autorin Karin Pfolz, soll den gemeinsamen Weg Europas gegen Gewalt zeigen. Hunderte Autorinnen und Autoren aus ganz Europa beteiligen sich daran. Der Erlös aus den Büchern fließt in die Gewaltopferhilfe.

„Mit diesem Buchprojekt wird die Idee der Europaratskonvention unterstützt, wonach Gewalt an Frauen und Kindern kein Tabuthema mehr ist", so Gisela Wurm (Vizepräsidentin des Europarates und Vorsitzende des Ausschusses für Gleichbehandlung und Nichtdiskriminierung). Die Bücher sind europaweit im guten Buchhandel erhältlich, bei Amazon, Thalia und anderen E-Stores und bei www.karinaverlag.at

Respekt
für Dich

Ein Buch über die Kunst zu leben und ein Leben für die Kunst. Seit Jahren ist es dem Maler, Musiker und Schreiber aus Neusiedl am See ein großes Anliegen, seine Gedanken und Worte in ein Buch zu packen. Nach mehreren Angeboten renommierter Verlage hat er sich für den Karina-Verlag entschieden. Es ist endlich soweit und das Werk ist sowohl als Kunstausgabe, als Softcover und als e-Book erschienen.

Muss sich die Menschheit dem Diktat des Durchschnitts wirklich unterwerfen? Rudi Treiber schreibt in seinem Buch „Das Diktat des Durchschnitts" (Karina-Verlag, Wien, ISBN 978-3-9503862-8-8) auf ironisch witzige und kritische Art über die Fehler der Masse. Seine Bilder vollenden in diesem Werk die Kraft der Worte. Ein künstlerisches Buch über den Witz des Lebens.

Rudi Treiber beschreibt kurz seine Beweggründe, warum dieses Buch für ihn so wichtig ist.

„Ich sehe mein Buch als die kleinste Form der geballten Faust. Als Explosion einer neurotischen Leidenschaft, die Gerechtigkeit zurückgewinnen zu wollen, auch wenn die Chancen gering sind. Es wird mir mehr Feinde als Freunde schaffen, dieses Buch. Wird Gräben aufreißen zwischen mir und denjenigen, die mich anders einschätzten. Aber das stört mich nicht, denn Gräben sind Zeichen des Angriffs und der Verteidigung. Ich möchte nicht tatenlos zusehen, wie gewissenlose Macher unsere innere und äußere Welt zerstören. Wie unfähige Politiker in ihrer wachsenden Arroganz mit den Schicksalen der Menschen jonglieren, Menschen wie Marionetten bewegen und Illusionen rauben. Ich möchte dagegen aufgestanden sein – sei es nur mit Wörtern und

Sätzen – denn auch das Dulden ist eine Schuld. Im Grunde ist der Mensch eine Fehlkonstruktion des Universums. Ein Produkt, das Gott an seinem schlechtesten Tag schuf."

‚Das Diktat des Durchschnitts'
ISBN 978-3-9503862-8-8 erhältlich im guten Buchhandel, CD ‚Zeitvertreiber' über den Verlag www.karinaverlag.at

Das Autorenhonorar dieses Buches geht an:

Das Kumplgut – Erlebnisdorf für krebskranke Kinder

Wir wollen den **Kindern und Ihren Familien** helfen, sich nach ihrem Krankenhausaufenthalt bzw. psychischen Belastungen in einer entspannten Umgebung zu regenerieren, wieder Kraft zu sammeln, den psychischen Stress zu vergessen und die kindliche Unbekümmertheit wieder erlangen zu können.
Ein Aufenthalt ist auch dann möglich, wenn die Therapie bereits mehrere Jahre zurückliegt.

Wir bieten einen KOSTENLOSEN Aufenthalt am Erlebnishof mit Spielplatz, Schwimmteich, Relaxraum, Spielzimmer, Leseraum, einem großen Aufenthaltsraum und vieles mehr. Sowie eine Betreuung durch ausgebildete PädagogInnen.

Unsere Ziele sind es, Vertrauen aufzubauen, Spaß zu haben, Entspannung zu erleben und Erholung zu finden.

Der Aufenthalt unserer Gäste wird zur Gänze durch Spenden finanziert

Der Verein „Emotion" finanziert sich ausschließlich durch Einnahmen von privaten SpenderInnen. Außerdem werden wir durch zahlreiche Firmen aus den Bereichen Wirtschaft, Sport und Kultur tatkräftig unterstützt. Durch diese großzügigen Spenden in den letzten Jahren ist es uns gelungen, das Kumplgut ohne öffentliche Gelder, und ohne Schulden zu hinterlassen, zu bauen.

Zusätzlich zu diesem Erfolg konnten wir bereits Anfang 2014 die Finanzierung der nächsten zwei Jahre sicherstellen. Durch die kontinuierlich steigende Zahl der Patenschaften hoffen wir auch die kommenden Jahre problemlos finanzieren zu können. Eine Patenschaft beträgt 8 € pro Monat, die betriebliche Kalkulation für ein Jahr beruht auf 5000 Patenschaften.

Am Kumplgut 1, 4600 Wels
TELEFON: +43 676 84 111 3331
FAX: +43 7242 51 650
E-MAIL: OFFICE@KUMPLGUT.AT

karina verlag

Karina Verlag
Vienna, Austria
Otto Willmann Gasse 4/69
A-1100 Vienna
www.karinaverlag.at
karina.bookoffice@gmail.com

www.ingramcontent.com/pod-product-compliance
Lightning Source LLC
Chambersburg PA
CBHW020404030726
47496CB00007B/2292